冰川老師想交個宅宅男友
念書辛苦了。
待會兒
麼？
第二堂課
冰川真白
MASHIRO HIKAWA
在學校被稱為「雪姬」，是讓學生們聞風喪膽的魔鬼教師。其實私底下是一個有點迷糊的宅宅姊姊。正和學生拓也偷偷交往中♥
schedule
和冰川老師
同居!?

不喜歡我餵你吃飯嗎……？
schedule
冰川老師的照料時間

schedule
和冰川老師
一起玩遊戲
霧島同學太強了吧!?
(呵呵呵……)
霧島拓也
TAKUYA KIRISHIMA----!!
宅男高中生。總因為自己看
似不良少年的長相而煩惱。
還不知道冰川老師的真實身
分時就和她交往了。

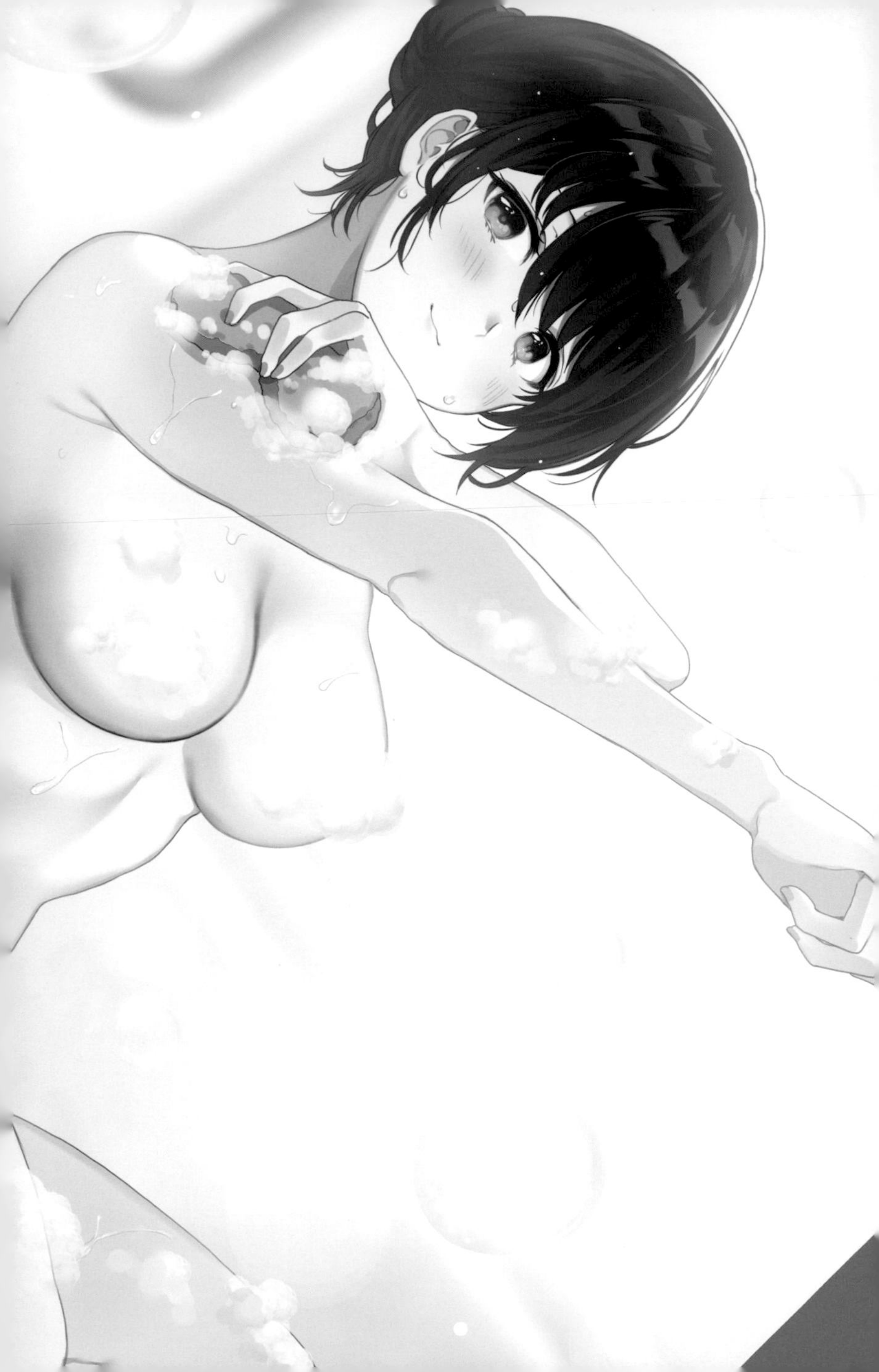

schedule
和冰川老師
一起洗澡
要用哪一種
入浴劑呢？

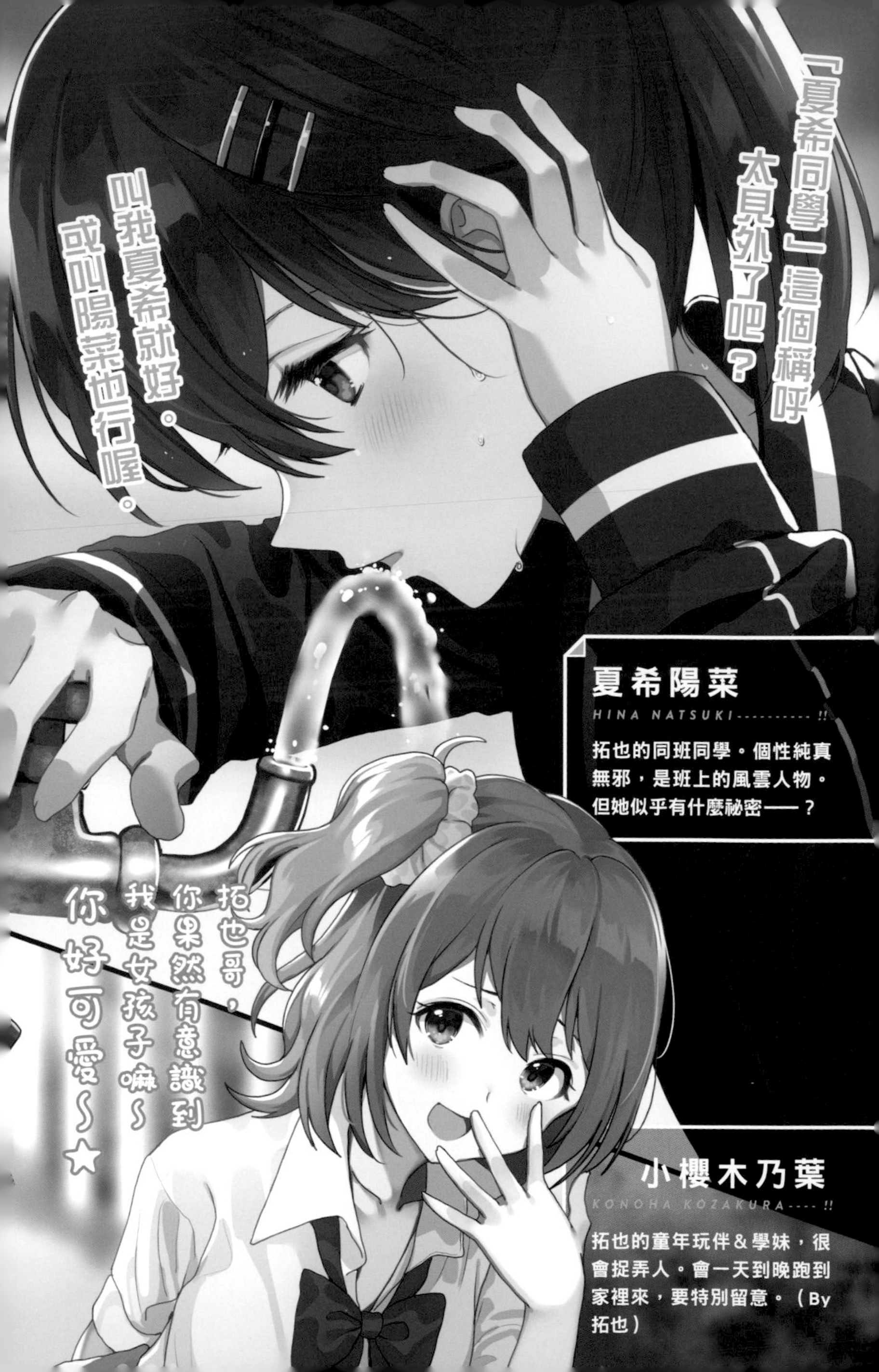
「夏希同學」這個稱呼
太見外了吧？
叫我夏希就好。
或叫陽菜也行喔。
夏希陽菜
HINA NATSUKI---------- !!
拓也的同班同學。個性純真無邪，是班上的風雲人物。但她似乎有什麼祕密——？
拓也哥，
你果然有意識到
我是女孩子嘛～
你好可愛～☆
小櫻木乃葉
KONOHA KOZAKURA---- !!
拓也的童年玩伴＆學妹，很會捉弄人。會一天到晚跑到家裡來，要特別留意。（By拓也）

——真白，妳這個人太麻煩了吧。
神坂紗矢
SAYA KANZAKA----------!!
同人作家。外表雖然看似國中生，其實是個賢慧的成熟女性。是冰川老師的摯友。

OTAKARE

!! --- PLEASE --- !!

第二堂課

絶對不容許師生同居！

各位同學聽好了，這裡會考喔。
既然不能和學生談戀愛，當然也不能同居。
相信聰明的同學們都能理解吧？

……咦，我嗎？
我、我當然、嗯嗯、不可能這麼做呀。
我絕對不會和學生男友同居，
偷偷看著他可愛的睡臉，
在家裡跟他一起愉快地玩遊戲。
……我、我沒有騙人啦！

冰川老師想交個宅宅男友

Author 篠宮夕
Illustration 西沢5ミリ

OTAKARE
!! --- PLEASE --- !!

第二堂課

Kadokawa Fantastic Novels

冰川老師
想交個宅宅男友

序章

我——霧島拓也就讀的慶花高中，有位讓學生聞風喪膽的老師——

但這種狀況比比皆是啦。

全校最嚴格的魔鬼教師。我們這些高中生總會無意間忽略的麻煩校規或規矩，他們都會扣緊這一點唸個不停，令人十分討厭。這種老師，我認為每間學校都會有一兩位。

話雖如此，我還是沒辦法對被罵這件事習以為常。

「霧島同學，你遲到五分鐘。」

講台上有位女老師緩緩地用冷漠的嗓音提出指責。

她將黑髮往後收成一束，戴著黑框眼鏡。

這個打扮完全體現出她一板一眼的性格，給人一種嚴厲的印象，銳利的目光總能毫不留情地讓見者渾身凍結。其他老師的打扮都十分休閒，她那身從一而終的套裝也凸顯出一種死板的感覺。她確實是位美女，卻完全無法想像她露出和藹笑容的模樣，是個鐵面人。

大家都叫她——「雪姬」。

像冰一樣冷冽，誰也不敢接近的女老師。

至少這間慶花高中的學生都是這麼認為的。

「守時是為人最基本的原則。若連這一點都做不到，根本不值得信任。這會對你的社會聲譽造成相當不利的影響。」

冰川老師在講台上走來走去，還發出喀喀的鞋聲。

這般舉止儼然就是此處的絕對支配者。

老實說，我快嚇死了。

我都已經時刻提醒自己不要遲到了。就算讀書讀到很晚，但我為什麼要賴床啊……

「請注意自己的行為，別再重蹈覆轍。還有，霧島同學，請你分析自己遲到的原因，並提出改善方案。」

如此斷言後，冰川老師環視整間教室一周，彷彿在警告眾人似的。

她那道冷若冰霜的視線讓全場都為之緊繃。

「各位同學也多加留意。若連人類最基本的原則都做不到，往後的日子會相當辛苦。」

這就是毫無破綻的「成年人」姿態。

毫無缺點，淡然地走在正確的道路上，可謂完美主義者。

這就是人稱「雪姬」的這位女老師的本質。

冰川老師想交個宅宅男友

……我也曾經這麼想啦。

「那個，冰川老師？我實在不太想說這種話，可是……若連人類最基本的原則都做不到，往後的日子會相當辛苦喔。」

「嗚嗚，對不起……」

放學後，位於冰川老師自家。

我低頭看著在地板上正襟危坐、萬分沮喪的冰川老師。

此刻的她完全沒有白天扮演魔鬼教師的模樣，不僅如此，就算我現在漸漸習慣了，但她現在的樣子跟教師模式實在差太多了，甚至讓人懷疑到底是不是同一個人。

冰川老師現在將眼鏡摘下，頭髮也放下來了，和教師模式截然不同。

或許是這個原因所致，跟在學校時相比，這種容貌給人的印象更年幼。老實說，就算她說自己是大我一兩屆的學姊，我應該也會相信。

今天我來冰川老師家幫忙打掃。

畢竟冰川老師的女性朋友——紗矢小姐，似乎會在下個休假日來家裡找她玩。

昨天在電話那一頭聽見這件事，我忍不住問了一句「妳房間沒問題嗎？」。對此，冰川老師自信滿滿地說：「那、那還用說！我最近都有認真打掃！啊，你、你在懷疑我吧？那你明天過來檢查啊！」，所以我才過來看看。

結果糟透了。老師，妳幹嘛打腫臉充胖子啊……

房間裡亂成一團，簡直像颱風過境。

雖然一看就知道她想努力打掃房間的重點區域，但不知為何，房間卻變得更亂了。在某種意義上，我只覺得她應該有某種特異功能。

「那個……冰川老師，如果我沒記錯，妳不是說昨天還有認真打掃嗎？」

「有、有啊！我掃過了！」

聽我這麼一說，冰川老師急忙揮手，堅持自己的說詞。

「可、可是……呃，我在整理書櫃的時候，找到一本高中時期超喜歡的輕小說，我覺得好懷念，所以就……」

「就把打掃擱在一邊，埋頭猛看了是吧？」

「嗯，就是這樣……」

冰川老師點頭，沮喪地垂下肩膀。

糟糕，我完全懂她的心情。我也會這樣。若在打掃房間時找到以前很喜歡的書或漫畫，就會忍不住一直看下去。而且不知為何，這種時候都會看得超級開心。

「……對、對不起喔，我是個沒用的大人。」

冰川老師膽顫心驚地抬頭，偷瞄我的反應。

……唔，真可愛。看她露出這種表情，原本衝上喉頭的話全都煙消雲散。不僅如此，我還決定原諒她的所有行為。

真拿她沒辦法。

能幫上老師的忙，感覺也不賴——我就拚了！

「我知道了，冰川老師。我也會幫忙，一起努力打掃吧。」

「咦？可、可以嗎……？」

「當然。距離紗矢小姐要來的日子也沒剩幾天了，而且——」

「而且——在女友遇到困難時伸出援手，本來就是男友的義務。」

聽到這句話，冰川老師瞇起雙眼，嘴角揚起一抹喜悅的笑靨。

隨後她輕輕捶著我的胸膛，帶著笑容補了一句：

「嗯，謝謝你……那、下次霧島同學遇到困難時，我這個女朋友也會助你一臂之力！比如霧島同學沒辦法打掃房間時，我會幫你打掃！」

序章

「啊，這就不必費心了。」

「什麼意思！」

讀到這裡，各位或許已經察覺到了——

霧島拓也／高二生。

冰川真白／老師。

我們正瞞著世人偷偷交往中。

冰川老師想交個宅宅男友

第一章

高中一年級的春假——我遇見了一名少女。

當時我幫了她一點小忙，所以和她交換了聯絡方式。之後我們的感情逐漸升溫，還出去約會。在因緣際會之下，我忍不住向她告白。

不僅如此，當時她雖然接受了我的告白——

但這個女孩，居然是學校裡令人聞風喪膽的魔鬼教師！

呃，各位或許聽不懂我在說什麼，不過這一切都是事實。

可是……

——那，霧島同學要為我負責嗎？

當時她對我說出這番刺耳卻一語中的的話語，一度向我提出分手。

在那之後，雖然發生了很多事，不過在周遭眾人的協助下，最後我們還是重修舊好了。

同時我們也明白，這是一段不被允許，無法公諸於世的祕密關係。

因為我就是這麼喜歡冰川老師。

第一章

時光荏苒，現在是五月下旬。

夜深人靜時分，我跟冰川老師正在玩遊戲。

『上上上！霧島同學，就是現在！魔獸掉進我設的陷阱了，快趁現在發動總攻擊！』

「遵命，老師！」

掉入陷阱的龍形魔獸正痛苦地拚命掙扎。

這段期間，我和冰川老師不斷用角色手上的武器狂扁魔獸。

一陣奮戰後，畫面上的魔獸已奄奄一息並響起奏樂聲。

『太棒了，霧島同學。這樣終於可以製作防具了。謝謝你，時間不早了，你還跟我打這麼多場。』

「不，別這麼說。我也很想拿到這傢伙的素材嘛。」

說完，我不經意地看看四周。

但我身邊空無一人。

這也是理所當然。畢竟冰川老師人在電腦的另一側。

沒錯。我們現在是透過視訊通話ＡＰＰ聯絡，各自在家玩遊戲。

我們是師生關係。

正因如此，才不能隨隨便便像一般人那樣約會。

冰川老師想交個宅宅男友

起初冰川老師對此相當排斥。她說想讓我像一般人那樣約會。因為害得我必須和老師交往，所以想和我像普通情侶那樣相處。

但現在我卻覺得，我們不用像一般人一樣也無所謂。

畢竟我們是宅宅。比起外出進行普通約會，我們比較喜歡在家裡玩遊戲。我當然沒打算以偏概全，不過幸虧我們都是超級居家派的宅宅，完全不覺得痛苦。

因此我和冰川老師經常像這樣，在各自家裡玩遊戲約會。光是這樣確實有點寂寞，所以我偶爾會去冰川老師家裡。

一起盡興地玩了一會兒遊戲後……

「呼啊……」

我打了個呵欠。可能是透過通話APP看到這一幕，冰川老師露出苦笑。

『呵呵，想睡了吧，霧島同學……差不多該睡嘍？』

「咦？不、不玩了嗎？我還可以繼續喔。剛剛只是有點鬆懈而已，根本不想睡——」

『不行～～你明天還要上學，就到此為止吧？我明天也要早起。』

我倒是無所謂，但考慮到老師的狀況就不能強人所難了。

那今天就先結束吧……出現這種氛圍後，我們開始互相試探看誰要先關掉通話APP。

「唔。」

隔著ＡＰＰ，我們不經意地對上眼。

我剛才應該都把注意力放在遊戲上，現在這個瞬間，可能是今天第一次直接和冰川老師面對面凝視。

她的黑髮在洗完澡後充滿光澤，身上穿著舒適的家居服，彷彿看到了她隱藏的那一面。

冰川老師羞澀地微微低下頭。

『那、那個……霧島同學，別一直盯著我看嘛……我沒化妝耶。』

「對、對不起。」

『啊。沒、沒關係啦，你也沒必要道歉。我、我只是有點害羞，也不想讓你覺得我跟平常差很多……』

「咦？我覺得沒差啊。雖然妳化妝的時候更漂亮……但現在、呃、也非常可愛。」

『居、居然說我可愛……真、真受不了你。』

冰川老師微微鼓起雙頰，但心情似乎還不錯。

這個反應當然也可愛極了。

『那，霧島同學，就講到這裡吧……晚安嘍？』

「好。晚安，冰川老師。」

我也跟著冰川老師道出問候。

緊接著……

冰川老師在電腦另一頭，以紅通通的臉蛋和甜美的嗓音低語道：

『霧島同學，我喜歡你。』

「咦？」

『好啦，晚、晚安。』

嘟——

當我的頭腦終於把這句突如其來的話語解讀完畢時，通話APP早已經斷線了。

過了好一陣子，那句台詞才緩緩地滲入我的全身各處——

「唔～～～～～～～」

再過幾十分鐘就要換日了，我卻一個人在家裡扭個不停。

跟冰川老師交往後才過了一個月左右。

我卻幸福到有點害怕。

拜此所賜，我的讀書進度也進展得十分順利。

「呼啊……已經這個時間了。」

冰川老師
想交個宅宅男友

窗外已經能微微瞥見晨光了。

和冰川老師玩完遊戲後，我又一個人K書到現在。

我轉轉肩膀，就發出喀嘰喀嘰的聲音。看來是長時間K書的關係，導致身體僵硬了。

這幾個星期，我常常像這樣努力K書。

話雖如此，這絕對不是因為我勤勉用功。

不如說正好相反。與其說我的成績是從後面數過來比較快，其實應該是墊底才對。這都是因為我以前偷懶不用功。

人類有做得到和做不到的事。

除了個人差異之外，有些領域就算用盡全力也無法達成。

既然如此，在自己顯然無法成功的領域耗費時間也不會有任何成果。應該早點放棄才是上策。所以過去的我從來不會花時間讀書。

然而，卻發生了我無法用這種藉口開脫的狀況。

因為我和冰川老師開始交往了。

既然她是老師，就一定知道我成績很差。其實交往的時候，她就已經知道我的成績差強人意了，應該不會用這個理由甩掉我……可是，我不想在冰川老師面前出糗。

真要說的話——我就是想要帥。

真是既庸俗又無聊的理由。

儘管如此，比起剛才說的「放棄讀書理論」，這個理由對我來說的確更重要。

而且……

「……下個月就是期中考，得好好加油才行。」

要讓冰川老師看到我最近努力的成果，期中考就是個絕佳機會。

我不能眼睜睜錯失這個良機。

用盡千方百計，我也得留下好的結果。

「好，再拚一下！」

雖然沒睡多久——但應該沒問題！

下定決心後，我再次面向書桌。

這樣就有種「凡事都能一帆風順」的感覺。

……到目前為止，我都是這麼想的。

「拓也，再這樣下去，你可能又會留級喔。」

「…………什麼？」

冰川老師想交個宅宅男友

一大早位於教職員辦公室。

型男數學老師——篠原涼真對我說了這句相當離譜的話。

可能因為等一下就是班會，早上的教職員辦公室裡，老師們各個手忙腳亂地跑來跑去。

我用眼角餘光一瞄，發現冰川老師也看著電腦狂敲鍵盤，似乎忙得不可開交。

「呃……你說留級，是在跟我開玩笑吧？」

確認周遭老師的注意力都不在自己身上後，我對篠原老師——涼真這麼說。

涼真是我國中時期的家庭教師。

但除此之外——或許是某種偶然的緣分，我考進慶花高中後發現涼真也在此任教。在那之後，涼真就跟國中時期沒兩樣，一直很照顧我。可是……

留、留級，這只是玩笑話吧？

我已經比以前更努力了耶。怎麼還會變成這樣？

「等、等一下，太奇怪了吧？再說，前陣子我不是剛解除留級的危機嗎？怎麼還要面臨這種風險？」

「拓也，你解除的是一年級的留級危機。我現在說的是你升上二年級的部分。」

「這、這樣更不合理吧。升上二年級之後，我就變得很認真耶。」

「是啊，沒錯。既沒有遲到，成績也變好了。真不可思議，跟一年級時相比確實改善很多……到底是怎麼回事？」

「唔。」

涼真眉頭緊蹙，疑惑地看了我一眼……我當然無法老實說出原因。

我之所以開始努力，是因為不想讓冰川老師看到我沒用的一面。

儘管我從國中時期就跟涼真有交情，但他基本上還是老師。

所以，我跟冰川老師正在交往的事得瞞著他才行。

我跟冰川老師的關係一旦曝光，馬上就完蛋了。

不過，說得也是……我忽然開始奮發向上，涼真當然會覺得不太自然。其他老師暫且不提，畢竟涼真太了解我了。

但我該如何是好？要怎麼敷衍他才行？

我拚命思考、坐立難安。這時，涼真輕輕地嘆了口氣。

「唉……算了。我沒打算深究。你能像國中時那樣用功讀書也是一件好事。」

「哦、噢。」

「別說這些了，我要跟你談談留級的事。拓也，雖然我說過很多次了，你的狀況確實有改善，成績也比往常進步不少。」

「對、對啊！既然如此，為什麼——」

冰川老師想交個宅宅男友

「但還是遠遠不夠。雖然這所高中的平均值很高……可是拓也，你的成績還是跟其他學生相差甚遠喔。」

「那、那是……」

我當然明白這一點。

這間慶花高中是非常厲害的升學名校。這所學校的學生各個都能考上家喻戶曉的高偏差值知名大學。

所以只是稍微用功一點，根本不可能追上同學們的水平。這點我當然很清楚，可是……我也私自認為自己多少有接近一些。

「……嗯，等一下。我明白自己可能留級的原因了，但既然如此，為什麼我沒聽冰川老師說過這件事？」

冰川老師是我的班導。

發生這種事，她應該會來提醒我才對。

我皺著眉頭一問，涼真就一副理所當然地點頭。

「那還用說。我一開始就說你『可能會留級』了，目前還沒出現任何具體的徵兆啊。」

「啥！什麼意思啊！涼真，該不會只是你擅自猜測我會留級吧？」

「要是我預測失準，那還好說。若你這次的期中考成績不理想，我的預想就會成真喔。

所以我才像這樣先給你忠告啊。」

「這、這也……」

重新開始認真讀書後，我的成績確實提升了。

可是我起步得太晚，跟其他同學相比，這點進步依然微不足道。

「因此這次期中考你得認真準備才行。我不確定這次還有沒有春假那種急救措施，小心真的會留級喔。」

「留級啊……」

我低聲喃喃自語，無精打采地走在學校走廊上。

縱使這陣子我想發憤圖強，但偷懶一整年的呆帳還是太多了。

我沿著早已習慣的路徑往二年級的教室走去。

之前可能還沒介紹過，我就讀的是二年二班。

走進位於校舍角落的那間教室後，全場頓時鴉雀無聲。

但不到一會兒，就又變回熱鬧的氣氛了。同學的反應我早就習以為常，我猜他們也有同感。

冰川老師
想交個宅宅男友

可能因為我什麼也沒做，總是靜靜地待在一旁，所以同學們的反應也漸漸淡了許多。在前一個班也是這樣，而且這種感覺只要過了一個暑假，就不會有人在乎我這個人了吧……話雖如此，同學們應該是想明哲保身，絕對不是接納我的存在。

不過，我覺得教室氣氛之所以能如此平和，不單單是這個原因所致。

只見班上的中心位置……

有一群俊男美女的小團體。他們之間彷彿有種不成文的規定——「只有被選上的人才能參加」。而且在那個團體中心，有個少女坐在桌上，臉上掛著爽朗的笑容。

夏希陽菜。

她在同學們私下進行、傳說的「夢想女友排行榜」中榮獲第一。不僅如此，聽說她運動萬能，成績還是全學年前十名，是個優秀超群的人才。消息來源是我偷聽到的就是了。

從外表來看，她就是個渾身洋溢著爽朗活潑氣息的女孩。

色澤明亮的頭髮紮成一束馬尾，身材纖瘦，整體線條相當緊實。從裙襬下延伸而出的大腿充滿健美氣息。隨意搭配的制服勉強遊走在校規邊緣，在純樸少女相對多的慶花高中裡，她的華麗風采十分惹眼。

他們那些人一定位於學校金字塔頂端吧。

也就是說，校內的真正強者並不是只有眼神嚇人的霧島拓也，而是光彩奪目的夏希陽菜

第一章

小團體。因為有這些人在，教室裡的氣氛才不會差到哪裡去。

總之，我和夏希是完全相反的存在。

我們並不會因為同班就扯上關係……咦？

「早安，霧島同學！」

「……啊，早……早安。」

那位夏希陽菜從全班中心處往我這裡走來。

夏希帶著和藹可親的笑容跟我打招呼。

就在這一刻，全班同學的視線馬上聚焦在我們身上……咦？呃，怎麼會這樣？我、我做了什麼嗎？

我不明所以地僵在原地，夏希則帶著微笑，說道：

「那個，霧島同學，畢業出路調查表的繳交期限只到今天為止吧？其實我要彙整全班同學的表單，而且只剩霧島同學還沒交了，可以交給我嗎？」

「……啊，這樣啊。」

原來如此。我還以為她一定會順便說出「這個班級不需要你這種人，快滾出去」這種話。

對喔，畢業出路調查表的繳交期限只到今天。

冰川老師想交個宅宅男友

我將手伸進書包內……但中途就想起至今尚未繳交的理由，便停下動作。

「……抱歉。這麼說來，我還沒填完畢業出路調查表。我會在放學前直接交給冰川老師，妳就別管我了。」

「好，我知道了。了解！」

夏希點了點頭後，就回到剛才那個小團體了。

他們並沒有特別誇張地喧鬧，不過顯然都在讚揚夏希勇敢的精神。只見她被人拍拍後背，和其他女孩子互相嬉鬧，看起來就像前陣子電視轉播的橄欖球賽後的情景。彷彿一局結束後，稱讚選手的努力那樣。但在他們身上沒有比賽結束後不分敵我的感覺，畢竟我還是敵方選手。

之前因為沒人來收調查表，我決定單獨交，所以一時放鬆了戒心，想說之後再來慢慢想，結果卻失策了。

所以我根本什麼也沒想到。

嗯……該怎麼辦呢？

我低頭看向從書包裡拿出來的那張表，想當然耳，紙上一片空白。

畢業出路調查表。如字面所示，這張表是用來調查學生的「畢業出路」……話雖如此，在這所高中，這張表的立意有點不太一樣。

冰川老師想交個宅宅男友

之前也說過，我就讀的慶花高中是升學名校。

或許是因為大部分的學生都以升學為目標，所以與其說是調查「畢業出路」，不如說調查「志願是哪所大學」更為精確。

當然也可以選擇填寫升學以外的選項……卻有種「這方面請寫在備註欄」的感覺。因為明明是畢業出路調查表，寫在最前面的問題居然是「第一志願」，完全就是以升學為前提。

現在才高中二年級的五月下旬。

老實說，我根本無法想像未來要怎麼走。

舉凡要讀什麼大學、什麼學系或升學以外的出路等等。在我的腦海中，完全沒有高中畢業後的未來藍圖。

或許正因如此，學校才要我們在這個時候試著思考吧。

可是，遊走在留級邊緣的人有辦法上大學嗎？

說不定每間大學都考不上。

而且，如果情況真的演變至此……

……咦，霧島同學？你沒考上大學嗎？而且以你這種成績，重考再多次也是枉然吧？我可能沒辦法跟這種人交往。

冰川老師應該不會說這種話啦。

可是，萬一……萬一升上高三後，我還絲毫沒有足以考上大學的學力。就算重考再多次，卻連能不能上大學都是未知數。雖然這麼說，卻也沒有轉讀專門學校、沒去上班，對任何事都毫無熱情。在這種狀態下，冰川老師還會像過去那樣跟我交往嗎？一思及此……嗚哇啊啊啊啊啊啊啊啊啊啊，不行不行不行！光想像都讓我痛苦萬分！

……糟糕，得發憤圖強才行。

不能被留級，還要確定未來的目標。

否則將來冰川老師沒辦法和我永遠在一起。

但我真的不知道該怎麼做。

到目前為止，我從來沒思考過未來的出路。

既然如此，我目前的首要之務——

果然還是找人商量了。

「冰川老師，我想找妳談一談。」

冰川老師想交個宅宅男友

午休時間。

在學生輔導室集合已經是我們的老習慣了。

我坐在冰川老師對面的位子上，神情嚴肅地開口說道。

要商量畢業後的出路，人選還是非老師莫屬，而且要找最值得信賴的老師。這樣一來，我的選擇自然就是冰川老師了。

冰川老師有點驚訝，愣了一會兒才疑惑地問：

「要談什麼？迷你夢的單打對戰配置嗎？」

「呃，我不是要談這個。」

對戰配置也讓我很頭痛啦，但我要說的不是這件事。

我露出正經的表情，用嚴肅的嗓音開口：

「那個，是關於未來的事……無論如何，我都想先跟冰川老師商量一次。」

「想、想要跟我商量未來的事情……？咦、咦？該、該不會，那個……跟、跟我有關係嗎……？」

「對，沒錯。」

冰川老師畢竟是我的班導。

應該不能說毫無關係吧？

見我用力點頭，冰川老師開始低聲呢喃。

「這、這樣啊。跟、跟我有關的未來……換、換句話說，就是那件事吧……」

「老師！」

「是、是的！怎、怎麼了嗎！」

「說來可能讓人無法置信，但我很認真在思考，甚至連晚上都難以入眠！」

「這麼認真嗎！煩惱到晚上都沒辦法睡的地步！」

呃，連晚上都沒辦法睡確實有點誇大其詞了。

就心情層面來說，我就是這麼認真在思考，此話絕對不假。

另一方面，冰川老師莫名開始慌張了起來。

她一直狂摸頭髮，還不停用手搧風，彷彿要讓火熱的身子降溫似的。

緊接著，冰川老師揚起視線，小心翼翼地瞄了我一眼。

「那、那個，我是很開心啦，可是……你、你是認真在考慮這件事嗎？」

「那還用說。因為這是兩年後，不對，差不多是一年後的事啊？」

「這麼快！在你心中，這已經是既定事項了嗎！」

「呃，不是我怎麼想的問題。普遍來說都是這樣吧？」

「原、原來如此……普、普遍來說，大致上都是這樣啊……」

冰川老師想交個宅宅男友

「嗯？咦，冰川老師，妳在說什麼？妳應該比我更了解吧？妳不是一天到晚都在查資料嗎？」

「你怎麼知道！」

冰川老師的臉漲得通紅，就像深藏已久的祕密被揭發似的。

「難道電腦的搜尋紀錄跟我偷偷買來看的那本雜誌被他發現了嗎……？」她嘟囔著這些莫名其妙的話……唔～冰川老師畢竟是老師，應該比我更常調查大學學測的資料吧？普遍來說，也是再過一年或半年左右就要進行學測了吧？我說了什麼奇怪的話嗎？

「我、我能體會你認真的心情。」

冰川老師的表情依舊留有興奮的熱度，她瞥了我一眼並說道：

「可、可是，因為事發突然……那個，可以給我一點時間嗎？」

「喔。我是沒差啦……」

「畢竟要做點心理準備。」

「有必要嗎！」

我、我的天啊！

跟我商量畢業出路，非得這樣嚴正以對才行嗎！

看她表現得一本正經，我是很高興啦……但老實說，被她這麼一搞，我忽然開始心懷不

第一章

安。咦？我的未來還有救嗎？

做了一陣「吸、吸、吐」這種明顯充滿動搖的深呼吸後，冰川老師一臉認真地重新看向我。她用一種十分嚴肅，彷彿等一下就要我在人生岔路上做出選擇的氛圍說道：

「那……就來談談我們的未來吧。」

雖然「我們」一詞讓我耿耿於懷，但這代表她要跟我一起思考了吧。

我點了點頭。

隨後，冰川老師正面直盯著我，輕啟粉嫩的唇瓣說：

「那就……嗯，我想先聽聽霧島同學的期望。」

「期望？」

「唔、嗯……那個，應該有很多吧？比如你想要什麼感覺？具體而言……就是，小、小孩的人數，或是婚宴的規模等等。」

「咦？妳最後說了什麼？」

「很、很害羞耶，不要反問我啦！你應該明白我想說什麼吧？」

不知為何，冰川老師變得滿臉通紅。

嗯──雖然關鍵部分沒聽清楚……她大概是在問大學人數和規模吧。

其實我從來沒有用這種觀點思考過，不過硬要說的話……

冰川老師想交個宅宅男友

「可以打棒球就行了吧。」

「你想要可以打棒球的程度嗎！」

「嗯？對啊，我希望至少要有這點規模。」

「而且這還是最低標準！」

冰川老師的眼珠子轉個不停，又開始嘟噥「哇……那、那是要九個嗎？還、還是十八個……？霧、霧島同學到底要生幾個啊……？」這種聽不懂的話。我說了什麼奇怪的話嗎？我只是說，希望大學的校地至少要有球場那麼大而已。

冰川老師連耳根子都泛紅了，且用幾不可聞的極低音量說：

「那、那個……我、我不知道這可不可行，所、所以讓我做點功課。」

「喔……這倒無所謂。」

她到底要做什麼功課？

難不成是要替我調查有沒有這種大學嗎？就我個人而言，校地大小其實無關緊要。

這時，我將在意的問題問出口。

「我反而想問，冰川老師覺得怎麼樣比較好？」

「我、我嗎？我覺得、呃……兩個剛剛好吧。」

「那也太少了吧！」

第一章

居然只說兩個人！這樣大學哪有辦法經營啊！

這附近的補習班人數都超過十倍了好嗎！

「是、是霧島同學說太多了吧！就、就算現在是少子化社會，光靠我們努力做人根本沒有意義啊！」

「妳究竟在說什麼啊！」

我從剛才就覺得不太對勁，但這句話未免也太荒唐了吧！

什麼少子化啊，冰川老師到底在說什麼！

「霧、霧島同學才是，你從剛剛開始就很奇怪耶。還、還說兩個太少了……我才想問你在說什麼呢。」

「咦？我在說大學學測的事啊？」

「……咦？我們不是在談結婚典禮跟婚姻的事嗎？」

「什麼？」

「咦？」

我跟冰川老師看著彼此。

隨後——

我們才終於發現雙方都會錯意了。

冰川老師想交個宅宅男友

「對、對不起，是我沒搞清楚就妄下定論……」
「別、別這麼說，我也很抱歉。把話說得不清不楚……」
幾分鐘後。
我們都冷靜下來後將誤會說開了。
兩人都不願回想自己說過的話。畢竟剛剛那段對話太驚人了。
儘管如此，我還是覺得耿耿於懷，便拋出疑問。
「那、那個，冰川老師。」
「嗯?什、什麼事，霧島同學？」
「呃，我有點在意……冰川老師，妳平常就會考慮婚姻方面的事嗎？」
「唔。」
聽我這麼說，冰川老師頓時僵在原地。
但或許是判斷自己沒辦法逃避這個問題，只見冰川老師雙臂環胸，嘟起嘴巴說：
「會、會啊。不、不行嗎？」
「呃，不是不行啦……」

「因、因為，你之前不是跟我求婚了嗎？雖然當時拒絕了……可是，姑且還是得認真考慮一下啊。」

——所以，請妳嫁給我吧。

為了和冰川老師復合，我曾經說過這種話。

冰川老師應該是在說那件事吧。

不過，這樣啊……原來冰川老師有在認真考慮啊。

「……所以，你、你覺得呢？」

「咦？」

「我、我在問你的想法啦。關於那方面的未來，你從來沒想過嗎？」

冰川老師用小心翼翼的口吻這麼問。

我回道：

「當然有想過啊。」

「是、是嗎？你也有在思考啊。這、這樣啊……嘿嘿嘿。」

老師的心情似乎不錯，嘴角綻出了笑意，感覺非常幸福。

這副模樣當然也是可愛到不行。

當時我是拚了老命才會說出那句話，要結婚還是言之過早，這一點我也明白。不管是在

冰川老師想交個宅宅男友

法律層面還是心情層面都一樣。

「而且，如果繼續原地踏步，感覺也很危險」。

「嗯嗯。」

這時，冰川老師彷彿要轉換話題似的出了幾聲。

緊接著，她板起嚴肅的神情。

「那我們進入正題吧……言歸正傳，霧島同學想跟我談未來，是指大學學測方面吧？」

「對，還有畢業後的出路。」

雖然兜了一大圈，但我終於道出了關於出路的煩惱。

「畢業出路調查表的繳交期限不是只到今天為止嗎？但具體來說，我根本想不到自己要走哪條路。」

「喔──原來如此。」

冰川老師點頭稱是，並瞥了我一眼。

「雖然我這麼說不太妥當，但你實在沒必要為這次的畢業出路調查表發愁喔。你要煩惱也無所謂啦……不過也不是只有這次機會而已，這次的調查之後也可以更改啊。」

「我知道啦，可是……」

「想考哪間大學，你連一點概念都沒有嗎？隨便說一間也行喔。」

冰川老師溫柔地詢問。

我本想回答——卻打消了念頭。

「我心中已經有想讀的大學了」。但我這種人肯定配不上那間學校。

相對地，我將一直掛在心上的那件事問出口。

「對了，冰川老師的大學生活是什麼樣子？」

聞言，冰川老師發出「嗯～」的一聲，接著緩緩道來。

「我本來是讀女中……大學是讀慶花大學的教育學系。」

「教育學系啊……？所以妳高中時期就想要當老師了嗎？」

果然沒錯。像冰川老師這種可靠的人（撇開生活層面），應該當時就已經放眼未來並為此努力了吧。

我就是抱持這種猜想才提出這個問題。沒想到冰川老師卻露出苦笑，搖搖頭說：

「沒有喔，怎麼可能。我完全沒考慮過這件事。」

「咦？那、那妳怎麼會讀教育學系？教育學系應該是想當老師的人才會讀的科系吧？」

「確實如此……但也不是所有人都想當老師啊。有像我這種誤打誤撞考進去的人，也有很多人從事完全不同的職業。」

「原來如此。」

冰川老師想交個宅宅男友

「我覺得在高中畢業前就決定將來要從事什麼行業的人，反而比較少吧。當然，有些優秀的人也會慎重考慮啦。所以霧島同學也沒必要焦慮，之後再好好思考就行了。」

什麼嘛……結果大家都沒想這麼多。

這樣的話……畢業後的出路問題只要慢慢思考就好了。畢竟冰川老師也這麼說。

說是這麼說，還是得在畢業出路調查表上寫點什麼才行。

「另外，真要說的話，還是要好好讀書吧。只要成績不錯，未來的選擇也會增加。所以，好好準備這次的期中考應該是目前最要緊的事。」

「好，我知道了，冰川老師。」

我點了點頭後，猛地從椅子上起身。

很好！這樣我的首要之務，就是準備期中考！

為了不讓冰川老師看到我差勁的那一面，就必須取得不錯的成績才行。如果影響到往後的出路，那我更要努力，也不能被留級。

這時。

「……咦，霧島同學？雖然我現在才發現，但你的臉色好像不太好……？」

「等等，冰、冰川老師！」

冰川老師伸手撫摸我的臉頰。

這個舉動讓我忍不住心跳加速。這也難怪，畢竟對方是我喜歡的女性。

但冰川老師彷彿沒聽見我說的話，摸了好一陣子後，忐忑不安地蹙緊了眉。

「你還好嗎？沒有感冒吧？」

「我的狀況看起來這麼糟嗎？我是覺得沒什麼大礙啦……」

經她這麼一說，我才覺得身體可能有點疲倦……但應該是徹夜讀書，所以有點睡眠不足吧。只要睡一覺就沒事了。

「你覺得沒事就好……」

冰川老師還是有點擔心，但忽然露出了燦爛的笑容，彷彿轉換情緒似的。

「對了，之前約好明天放學後可以去你家玩吧？我很期待喔。」

「嗯，我會等妳過來。」

我也笑著點頭回答。

同時我也心想：回家後得好好打掃一下才行。

……我原本是這麼打算的。

「啊，哈囉，拓也哥～～！今天感覺可以去你家一趟喔。」

冰川老師想交個宅宅男友

「當然不行啊。」

放學後。

回家路上，我突然遇見小我一歲的兒時玩伴——小櫻木乃葉。

她渾身散發出顯而易見的陽光氣息。染成明亮色澤的頭髮長度及肩且用髮圈束了起來。

她是我家房東的獨生女，也是和我就讀同一所高中的學妹。

不過，木乃葉居然會詢問能不能來我家。

她長大了呢……這傢伙以前還會擅自用備用鑰匙進出我家。

可是我現在有女朋友，等等也想打掃一下，所以不能讓她過來。

聽到我敷衍的回答，木乃葉不高興地鼓起臉頰。

但她又立刻皺緊眉頭，有些不解地問：

「……奇怪，拓也哥，你身體怎麼了？是不是不太好？」

「啊？連妳也這麼覺得啊？」

「……因為你都變成熊貓眼了。而且還有其他人跟你這麼說啊？這樣沒問題嗎？」

「沒事啦，應該睡一覺就好了。」

「……那就好。反正原因肯定是最近上市的迷你夢遊戲吧？我是無所謂啦，但拜託你別把感冒傳染給我。」

說著說著，木乃葉還動作誇張地縮起身子。隨後，她繼續說道：

「對了。拓也哥剛剛是在拒絕我嗎？有什麼關係嘛。因為你交了女友，我才迫於無奈越來越少去你家玩了。你明白我這份體貼之心嗎？」

「是是是，我都明白。謝謝妳喔。」

「那我今天可以去你家玩嗎？當然可以吧？」

「當然不行。」

「嘖，拓也哥真小氣。」

木乃葉罵了我一聲，並嘟起嘴巴。

光從字面上來看，可能會以為木乃葉對我有好感，但唯獨這傢伙不可能喜歡我。她之所以想來我家，一定也是因為可以用高速Wi-Fi，隨便吃零食而已。

「再說，我覺得妳每週來我家一次感覺也不太好。」

「咦，為什麼？你之前不是說偶爾去幾次沒關係嗎？」

「我的確說過啦。可是，那個……我在跟冰川老師交往耶。明明有女朋友了，還讓好歹被歸類為女孩子、可能會傳出謠言的木乃葉來我家，實在不太妥當吧。」

「呃，先讓我說句話好嗎？你到底多不想把我當成女孩子啊？」

木乃葉瞇著眼睛盯著我，似乎滿傻眼的。

冰川老師想交個宅宅男友

即使她提出抗議，但……哈，我怎麼可能把她當女孩子看呢？

也不想想我們認識多久了。

「可是拓也哥，雖然你總用『交了女朋友』當藉口……但你也不知道對方的忍受極限在哪啊？畢竟這種事因人而異。說不定冰川老師超乎你的想像，根本不在乎你讓其他女孩子進家門喔。」

「說不定她超乎我的想像，知道我跟其他女孩子私下聊天就會氣得半死。我不知道她的極限在哪，所以盡可能不想讓妳來我家。」

「你們沒談過這件事嗎？我還以為一般情侶都會聊呢。」

「咦？是、是這樣嗎……？」

畢竟我過去沒有交往經驗，對此一無所知……咦？情侶之間都會聊這種事嗎？

這麼說來，我跟冰川老師從來沒制定過這方面的規則。

只有稍微聊過師生戀該注意的事項而已。

「順帶一提，我不想受到拘束，所以跟其他男孩子吃飯這種小事，我希望對方能體諒。但要是對方做了同樣的事，我就會氣得半死，絕對饒不了他。」

「太自私了吧。」

真有妳的風格。

不過，聽木乃葉這麼一說——

我開始在意冰川老師的忍受極限到什麼程度了。

◇　◇　◇

回到家後，我把幾部預錄的動畫看完就開始K書了。

當然是為了準備期中考。

這陣子我本來想好好努力。

跟過去相比，分了更多時間來念書。

儘管如此，我還是被涼真警告可能會留級。

既然這樣——我就必須更努力。

因為偷懶的時間比別人還多，所以得付出加倍的努力才行。

絕對不能被留級——更重要的是，我不想讓冰川老師看到差勁的表現。

所以我得奮發向上，能多拿幾分是幾分。

雖然中途有去吃晚餐和稍作休息，但其餘時間我都專心地坐在書桌前。

讀著讀著，時間已換日，天色微微透出魚肚白。

冰川老師想交個宅宅男友

「呼啊……」

我強忍住呵欠，粗魯地揉了揉眼睛。

果然還是很想睡覺。

再過不久就到上學時間了，總之得先準備才行……

但在那之前，要不要小睡一下呢？再這樣下去，我連自己能不能順利到校都很懷疑。

決定先睡一會兒後，我用手機設了好幾個鬧鐘。

而且為了不讓自己睡得太沉，我直接趴在桌上，閉上雙眼。

「結果時間轉瞬即逝」。

「…………嗯……？」

我在依舊模糊不清的意識下睜開雙眼，只見橙色光芒從窗戶灑進室內。

……好像不太對勁？

我準備小睡的時候應該是早上才對。

為什麼現在……卻像傍晚一樣……

而且奇怪的地方還不只如此。

第一章

「我是在床上睡的嗎……？」

在我的記憶範圍內，好像是趴在桌上睡的啊……

呃，學校呢！

糟糕！我今天沒去上課！

也沒打電話給冰川老師！怎、怎麼辦？現在打的話應該——來不及了吧。慘了，我到底該怎麼辦啊！

昏昏欲睡的意識頓時驚醒過來。

我連忙從床上起身，準備衝出房間。

就在此時……

「唔！」

可能是忽然起身活動的緣故，沉重至極的腦袋暈乎乎的，讓我站不穩。

我就這麼摔倒在地——

結果並沒有。

「——」

咚。

我被剛好走進房間的一名女性接住了。

而且我的臉還埋進她的胸部裡。
「真是的，霧島同學。你身體不舒服，起床後馬上活動很危險啊。」
「…………咦，怎麼會……？」
我緩緩抬起頭，看向抱住我的那名女性。
只見她——冰川老師生氣地鼓起臉頰。
「霧島同學，現在已經下午五點了。你居然擅自曠課……到底怎麼回事，給我好好解釋一下。」

◇　◇　◇

「呃……」
我重新躺回床上，看了看四周。
這是一間堆滿漫畫和遊戲的宅男房間，沒有任何可愛的小東西。
而冰川老師就在這樣的房間中央正襟危坐。
她應該是直接從學校趕過來的吧。身穿套裝的她跟這房間實在太格格不入了。
我之所以躺在床上，是因為冰川老師說「你身體不舒服」就把我壓回床鋪。但我不覺得自己的狀況有那麼糟啊。

看來冰川老師是因為我擅自曠課，覺得擔心才來的吧。

我是很開心啦，不過情況演變至此，我忽然有個疑問。

「那個，我想問一下……冰川老師，妳是怎麼進來我家的？」

我應該有上鎖吧？

我如此自問自答並回溯記憶，結果冰川老師有些歉疚地回答：

「啊，這個嘛。因為你沒打給我又沒來上課，我擔心你是不是出事了……於是放學後就過來你家。結果碰見一個女孩子，自稱是這裡房東的女兒。她說『既然是班導就沒問題』，就幫我開門了……我原本也覺得擅自闖入不太好，但實在很擔心，所以才……抱、抱歉喔。」

「不、不會啦。別把這件事放在心上。」

房東的女兒就是木乃葉吧。

我看了看手機，冰川老師果然傳了很多暖心的訊息給我。同時，木乃葉也傳了一大堆煩人的訊息。我猜她原本想闖進我家，結果卻碰見冰川老師吧。

附帶一提，雖然我各自向冰川老師和木乃葉介紹過彼此，但冰川老師沒當面見過木乃葉，也沒和她說過話。

所以冰川老師才不知道那個女孩就是木乃葉。

木乃葉這傢伙認識冰川老師才會幫她開門吧。

「那這次輪到我問你了。」

話語方落，冰川老師便立刻瞇起眼睛。

那個表情完全就是進入教師模式的雪姬。

換句話說，她想問的就是——

「霧島同學，你昨天午休時還說『沒有不舒服』……那是在騙我吧？否則你也不會昏倒。吶，給我從實招來。」

好、好恐怖好恐怖好恐怖！

她的嘴角雖然上揚，眼裡卻毫無笑意！

微微歪著頭的感覺有點像病嬌角色耶！

好像還能在她身後看到一股「轟轟轟」的壓力！

簡直就像要殺掉好幾個人似的！

「呃，那個，我沒有騙妳啊。雖然我無意撒謊，但也覺得沒到非說不可的程度——」

「把、話、說、清、楚、喔？（微笑）」

「遵命我知道了我說我說就是了能不能別舉著指示棒說話啊！」

真的很嚇人耶！而且她是從哪裡拿出那根指示棒的！

指示棒看起來就跟細劍沒兩樣！

感覺會像動畫裡的女劍士那樣使出連續攻擊！

但此刻的氣氛沒辦法用這種玩笑話緩解。我不敢和冰川老師對上眼，開始喃喃自語：

「呃，這個嘛。妳想想，我不是成績很差嗎？而且馬上就要期中考了……所以，那個，這幾週我常常熬夜K書到早上。應該就是……累積了不少疲勞吧？」

「哦……那你睡了多久？」

「咦？」

「你不是K書到早上嗎？那應該沒睡幾小時吧？所以我想問你一天睡了多久。當然，我是問睡最少的那一天。」

「那、那個、呃……」

「（咻）」

「知、知道了我會說我會說拜託別舉著指示棒！」

這已經完全露出殺氣了吧！這種高壓平常根本不能展現出來耶！

難怪學生們都叫她「雪姬」，真不是浪得虛名。

我豎起三根手指，回答冰川老師的提問。

見狀，冰川老師表情依舊冷漠地瞇著眼。

「哦，三小時啊？還真短呢。這種情況持續好一陣子，就算搞壞身體也不奇——」

「啊，不對，這是……三、十分鐘……的意思……」

「哦～～～～～～～～～～～～～～」

冰川老師這一聲拖得好長。

顯然無法接受，感覺相當不服。

「可、可是，真、真的只有幾天而已！其他天我有多睡一會兒！三小時之類的！」

「你覺得這能當作藉口嗎？」

用教師模式的冰冷嗓音說完後，冰川老師低頭看著我。

緊捏。

她狠狠地捏住我的臉頰。

「……辣、辣個，英灣老師……豪痛……」

「給我忍住。像你這種把『努力』和『亂來』搞混的小孩，就得用這種方式讓你明白。」

這番話聽起來真刺耳。

冰川老師繼續捏著我的臉頰，輕聲低語：

「努力確實很重要，有時靠通宵這種方法也確實有效，但這樣根本無法化為你的實力。因為這種方法總有一天會讓你自掘墳墓。所以，雖然這是老調重彈，但就像『有志者事竟成』這句話一樣，人就該不斷堅持努力才行。」

「……豪，我資道惹。」

好難受。

被喜歡的人用正確至極的言論狠狠批評是最痛苦的一件事。

簡直就像——自己的缺點清清楚楚地擺在對方眼前一樣。

然而還不只如此。

「而且……我真的很擔心你。」

冰川老師低下頭，緊緊抿住雙唇。

斜陽正巧灑落室內形成陰影，所以我沒辦法看清她的表情。

唯一能明白的是——她似乎非常悲傷。

「真呃很為不起。」

我開口道歉。

如果立場相反，我一定也會抱持著相同的心情。

「……不費再有下一次了。為不起，英川老師。」

冰川老師想交個宅宅男友

「喂，你真的有在反省嗎？從剛剛開始就一直說些奇怪的話。」

「因為冰川老師一直捏著我的臉頰啊！」

我硬是揮開她的手，對這蠻不講理的態度怒吼道。

「……所以，霧島同學你要怎麼辦？」

又過了幾分鐘。

被冰川老師罵了一頓後，我們決定談談別的話題。

但我沒聽懂冰川老師這番話的意思，於是不解地問：

「呃，『怎麼辦』是什麼意思？」

「知道你像這樣昏倒了，我身為班導總不能坐視不管吧？畢竟你一個人住，比方說，我應該跟你的監護人聯絡……咦？但霧島同學的雙親是不是都在海外工作？我記得你的緊急聯絡人是姊姊吧……那我應該跟你姊姊聯繫……」

「唯獨這件事，請妳手下留情！」

回過神來，我已經大吼出聲了。

冰川老師嚇得渾身一震，大驚失色地看向我。

糟糕，我搞砸了……我連忙擠出笑容試圖帶過。

可是我的表情肌相當緊繃，根本笑不出來，彷彿忘了要怎麼笑一樣。所以我連自己現在是什麼表情都不曉得。

即使如此，我還是想盡辦法擠出聲音說：

「……對不起，冰川老師。能不能拜託妳……唯獨不要通知我姊呢？另外，如果可以的話，也請不要通知我爸媽。通知他們的話，我猜我姊一定會過來。我發誓絕對不會再發生這種事了。」

「可是——」

「拜託妳，冰川老師。只求妳不要跟他們聯絡。」

我站起身，深深一鞠躬。

不知道她願不願意接受我這任性的要求。遇到這種事的時候，就要通知緊急聯絡人——教師手冊上一定會有類似的規則吧。

但我只能這麼做。

只能懇求冰川老師放我一馬。

「…………我知道了。」

過了一會兒。

冰川老師想交個宅宅男友

雖然冰川老師的表情有些猶疑，卻還是輕聲低喃道。

「畢竟霧島同學應該單純是因為睡眠不足才會病倒……這次就不通知家人了。」

「很、很抱歉，謝謝妳。」

「但也不能什麼都不做，還是得想辦法解決才行。」

冰川老師可能發現我跟姊姊之間有點問題，但沒有繼續深究。

老實說，這讓我很開心。

畢竟情況很複雜，我也不確定自己能解釋清楚。

所以，幸好她願意忽略這件事……但我也沒有錯過冰川老師這句話。

「咦？可、可是，冰川老師，妳剛才不是說不會通知——」

「就像你說的，我當然不會做任何事。但那是以老師的立場而言。」

「——以女友的立場來說，我非常擔心你，怎麼可能忽視這件事呢？要是置之不理，感覺你又會勉強自己。」

冰川老師不滿地嘟嘴，好像在問：你懂我的心情嗎？

其實……被她這麼一說，我就沒轍了。

畢竟要是立場相反，我也會擔心她。

可是……老實說根本束手無策啊。只要我多加留意，這件事就解決了。但冰川老師應該就是覺得我做不到，才會這麼擔心我吧。

「……不過，就算妳說要想辦法解決，我覺得也沒什麼用。」

「是啊，畢竟這不只是你病倒的問題。為了不讓你繼續逞強，至少在期中考之前，我都要好好監視你才行，否則就沒意義了。還有，若還能顧及到顧健康管理，那就更理想了。」

「怎麼可能啊。要實行這種計畫，就得一起吃飯睡覺，或是像棒球隊暑假會辦的集訓那樣——」

我只是想開個玩笑。

照理來說，我們根本不可能同吃同住。

因為這樣就跟同居沒兩樣。

理當如此——

「那就試試看啊。」

「……咦？」

我沒聽懂這句話的意思，發出了疑惑的聲音。

咦、咦？冰、冰川老師在說什麼啊？

冰川老師
想交個宅宅男友

她說要試試看，那個……也就是說……

「我的意思是……」

說完，冰川老師用嚴肅至極的表情開口說道：

「在期中考結束之前，你就跟我一起住——來辦個K書集訓吧？」

【距離期中考結束，還有三十天】

第二章

「那就針對我們的K書集訓開個行前會吧。」

今天是休假日，地點是冰川老師家。

我在客廳裡盤腿而坐，抬頭看著冰川老師。

就像慶花櫻花祭的對策會議時那樣，冰川老師雖然身穿便服，卻戴著黑框眼鏡，感覺仍有些許教師模式的感覺。

裝在牆上的白板上，有一行娟秀的文字寫著「K書集訓行前會」。

「那我們就抓緊時間，來談談K書集訓需要留意哪些事項吧。」

冰川老師用指示棒敲敲白板，如此宣告。

事情怎麼會變成這樣呢？

先把時間拉回昨天放學後——冰川老師丟出震撼彈的那一刻吧。

◇　◇　◇

「……等、等一下。妳說K書集訓？」

「嗯。」

我開口確認，冰川老師就神情嚴肅地點頭。

看樣子她不是在開玩笑。

可、可是……K書集訓實在不太妥當吧？

因為這樣幾乎等於同居了耶。

說實話，我當然很開心……但各方面都太危險了吧？

「那個，我雖然很高興……但我覺得住在一起還是太危險了。」

「可是這樣根本不能解決問題啊？不過舉行集訓的話，就能像你說的那樣好好監視，也能顧及健康管理，我覺得很適合。而且我工作不忙的時候，或許還能幫你做一對一教學。」

「話、話是沒錯啦……」

「不僅如此，時間越接近期中考，我也會忙得不可開交，沒辦法空出時間……那個，想見面時就能見面，這樣也不錯呀。」

「唔。」

這個提議的確很有吸引力。

畢竟冰川老師一忙起來就會沒辦法見面……老實說，我覺得這個點子很棒。

可、可是……如果跟冰川老師同居一事曝光，立刻破局的可能性就會大幅攀升——

「……不行嗎？」

這時，冰川老師小心翼翼地抬眼瞄了我一眼。

隨後，她輕啟那看似柔軟、色澤粉嫩的嘴唇說：

「那個……我覺得這是跟你感情升溫的好機會，也認為這主意不錯……但你還是不太願意嗎？」

「怎麼可能呢？就來辦K書集訓吧。」

我輸給了誘惑。

◇　◇　◇

話雖如此，危險的事情果然很危險。

經過這些事情後，我跟冰川老師要做的第一件事，就是召開「K書集訓行前會」。

冰川老師想交個宅宅男友

這個行前會的目的是討論同居時如何避免被其他人發現，還有同居最根本的規矩和注意事項。

理應如此。

「……請問，紗矢小姐為什麼也在場呢？」

我往旁邊一看，發現冰川老師的女性友人——神坂紗矢跟我一樣盤腿坐著。

這位大姊姊的外表就像個國中小太妹。

她染了一頭金髮，娃娃臉，連身高都滿矮的。但似乎和冰川老師同年。

順帶一提，她的職業是同人作家，也有跨足商業誌。

雖然看起來就像國中生，但她是個非常厲害的人。

聽到我的問題，紗矢小姐不懷好意地笑了笑。

「怎麼，覺得我在場會不方便嗎，小男友？」

「呃，沒有，我不是這個意思……」

「也對，畢竟是跟真白單獨相處嘛。若這是你的目的，那我確實是個電燈泡——」

「才、才沒有！」

「對、對啊！沒有這回事啦，紗矢！」

「哦，真有默契。」

第二章

紗矢小姐發出了「呵呵呵」的笑聲。

果然還是被她調侃了一番。外表看似國中生，但真不愧是創作十八禁同人誌的大大。前陣子她好像還被活動主辦方的工作人員禁止入場……明明已經超過十八歲了，而且還是作者本人。

「但我此刻在場也是純屬偶然啦。我今天原本就要來真白家玩，你們要做的事感覺也挺有趣的，我就順勢加入了。」

「感覺挺有趣……」

「因為你們之後要同居了吧？」

「沒、沒有！這不是同居，是K書集訓！」

冰川老師拚命否定，表示只有這一點理解錯誤。

也對，用「同居」一詞來形容，感覺不純程度就提升了不少。

她是想先打預防針吧。

「嗯嗯……那就來談談K書集訓吧。」

冰川老師咳了幾聲，彷彿想重新拉回話題。

「首先要談的……果然還是要在誰家舉辦吧。」

的確如此。

畢竟我們要同住將近一個月的時間。雖然雙方都是獨居，但要在誰家舉辦集訓確實是很重要的因素。

可是……

「這一點確實很重要啦……但真白家應該『不適合』吧。」

「對啊。」

「為、為什麼！你們怎麼都說這種話！為什麼不能在我家辦！」

「因為真白家是人類不宜居住的環境吧？」

「我就住在這裡耶！」

「那我修正一下——除了真白以外，這裡的環境不宜居住吧？」

「可以！可以住啦！紗矢，妳為什麼要說得這麼過分啊！」

「因為……對吧，小男友？」

「是、是啊。」

雖然有點難搭腔，不過事實就是如此。

畢竟冰川老師家還是稍嫌髒亂。

因為有定期清掃，所以最近都維持得相當整潔……但冰川老師本身不擅長家務，以調味料為首，各項日用品的存量都不足。雖然可以一一買齊，但既然如此，不如一開始就在我家舉辦，如此便能萬無一失。

「那集訓地點就決定是小男友家嘍。」

「唔……」

冰川老師板著一張臉，完全是在鬧彆扭。

但與此同時，她似乎也覺得紗矢小姐說的沒錯。

雖然她看起來很不開心，我們還是跳到下一個話題。

「這麼一來，就要談談我在霧島同學家要住哪裡了……」

「就住在我爸媽的房間吧。那間房只有我爸媽回來時才會用，可以讓妳住。」

「嗯，我知道了。」

那間房我也會定期打掃，應該可以讓她盡情使用。

「接下來談談工作分配吧。」

「是啊，有很多事情要做。比如三餐、洗衣服、打掃……」

「讓小男友一手包辦不就行了？真白，妳又不會做。」

「那、那就失去集訓的意義了！這次的立意也是為了減輕霧島同學的負擔……要是他的工作量不減反增，豈不是毫無意義？而、而且……我怎麼可能讓他洗衣服啊。」

「啊～也對。畢竟真白的胸罩尺寸很大，都可以把我的臉塞進去了。若被小男友看到，

冰川老師想交個宅宅男友

應該很丟臉吧。」

「哪、哪有那麼大啊！」

冰川老師用雙手抱住身子，彷彿在遮掩胸部似的。

此舉導致胸部柔軟地改變了形狀……是、是喔，原來如此。冰川老師的那個東西大到可以塞進紗矢小姐的臉啊。

「……霧島同學？你為什麼一直盯著紗矢的臉？」

「我、我才沒有！那、那家務就交給冰川老師了！還有，內衣褲我也會自己洗。除此之外，若我能效勞，我也會盡量幫忙。」

「嗯，那就麻煩你了。」

冰川老師點了點頭。

但她看著我的眼神還是有幾分疑惑。

「再來就是……對、對了。要不要跟彼此交代自己一整天的基本行程？」

「咦？」

「哦，出現了，真白的控制欲。」

「才、才不是呢！還有，『我的控制欲』是什麼意思！」

「因為真白妳的愛情觀基本上很沉重嘛。」

「哪、哪裡沉重！」

冰川老師拚命否認。

這麼說來，如果用「被愛」一詞形容，聽起來就滿愉悅的……但為什麼用「愛情觀沉重」來形容，就莫名有種糟糕的感覺呢？果然愛情這種事也該有點限度吧。

「對了，為什麼會說冰川老師的愛情觀很沉重？」

至少我從來沒這麼想過。

聽到我的問題，紗矢小姐回答：

「有很多原因啦……真要舉例的話，對了。小男友，你之前有送真白戒指吧？」

「是、是啊。」

——**所以，請妳嫁給我吧**。

上個月，為了和冰川老師復合，我曾說過這種話。

當時我送她的戒指感覺很像《碧藍奇蹟》這部動畫中會出現的款式……但那個戒指有什麼問題嗎？

在那之後，冰川老師似乎從沒戴過。應該是收在某個地方吧。

「你知道真白對那個戒指做了什麼嗎？」

「嗯？不知道，她做了什麼？」

「其實真白太重視那個戒指了，把戒指供在神壇上呢。」

「哈哈哈，太誇張了吧。這種話騙不了我啦，紗矢小姐。冰川老師，她在開玩笑吧？」

「…………………………………………………………對、對啊。」

「冰川老師！」

她的眼神為什麼飄忽不定！

她的額頭為什麼瘋狂冒汗！

難、難道是真的嗎！

「總、總而言之！這次我沒有要控制他的意思！只是偶爾不得已要在外面解決晚餐，如果家裡已經準備好了，豈不是很浪費嗎？我是為了避免這種狀況發生，才說要分享彼此的行程！」

「我明白這個道理，也覺得無所謂，不過……咦？妳剛才是不是說了『這次』？難道除了這次以外，妳也有過這種想法嗎……？」

「繼續開會吧。」

「冰川老師！為什麼要無視我！」

感覺就像這樣。

我、冰川老師，以及不知為何加入的紗矢小姐繼續進行K書集訓的行前會。

第二章

◆
◆
◆

「呼……」

此刻夜幕已然低垂。

我靠在公寓的陽台欄杆上，輕輕地嘆了口氣。

在眩目的人工燈飾點綴下，慶花町的街景輪廓看上去有些朦朧。

通過遠方鬧區周邊的車聲雖然吵雜，但習慣以後，倒覺得沒幾分寂寥的感覺了。

「嗨。怎麼啦，真白？」

我在陽台上胡思亂想時，紗矢拿著罐裝啤酒從房內走出來。

今天紗矢要在這裡住一晚。

大約半天前，她還說我家不宜居住呢，真任性。

但我習慣了，所以沒放在心上。

「我在想事情。」

回答完，我將背靠在欄杆上，紗矢也有樣學樣。

「真白，妳應該明白吧——同居後還是要格外謹慎。」

冰川老師想交個宅宅男友

「就、就說這不是同居，是K書集訓啦。」

「在我看來都一樣。我是要妳留意危險性。尤其是家長會那邊，要是東窗事發就會立刻完蛋。『家長會有多恐怖，真白妳應該最清楚吧？』想必妳一定有意識到這種危險性。」

「是沒錯。」

我當然有所自覺。

就像霧島同學擔心的那樣，一旦曝光就立刻破局的可能性確實大幅增長。

可是……

「……不這麼做的話，霧島同學就會勉強自己。而且……我也受不了自己為什麼沒察覺。站在老師的立場……我明明應該要保護霧島同學才對。」

在霧島同學病倒前，我還有跟他見面。

甚至還發現他身體狀況不太好。

儘管如此，我卻沒想到情況會這麼嚴重。雖然霧島同學想得很輕鬆，但正常人根本不會勉強自己到那種地步。

「所以，為了不再讓這種情況發生，我一定要好好教導他才行。我雖然是他的女朋友，但根本上仍是他的老師。」

「這樣啊。」

紗矢點了點頭。

然而她的表情卻有些微妙……為什麼呢？我說了什麼奇怪的話嗎？

「……怎麼了，紗矢？」

「不，沒什麼。既然真白這麼想，那倒無所謂。話雖如此……也罷。現階段沒什麼問題的話，那就沒事了。」

「嗯？我不懂妳的意思，但真的無所謂嗎？」

紗矢是不是在擔心什麼？

唔～～我毫無頭緒。

「總之，小心為上。如果這件事沒有曝光，那是最好。」

「嗯，我知道。我會保護霧島同學。」

我像要銘記在心似的，一字一句說得清楚。

接著我露出一抹爽朗的笑容，想讓紗矢安心。

「而且，妳不用擔心。基本上，我沒聽說過老師因為和學生談戀愛而被開除。或許是因為沒有老師會做出這種事啦……但被發現的機率應該非常低。所以，紗矢儘管放心吧。我一定不會讓這種事發生。」

冰川老師想交個宅宅男友

「鎌川高中的高橋老師似乎遭到停職處分了。因為他不只和學生有染，還跟學生同居。」

隔週星期一。

學務主任在朝會時報告了這件事，讓我頓時僵在原地。

但學務主任不顧我的反應，繼續說道：

「我認為慶花高中應該不會有這種老師，但還是請大家好自為之。現今這個社會，光是開車送因為社團活動晚歸的學生回家都會引發問題。請各位同仁小心謹慎，盡可能避免會招致誤會的行為。」

其他老師都事不關己地聆聽學務主任的忠告……我卻聽得冷汗直流。

沒問題——真的沒問題嗎？總、總之得多加留意才行！

雖然意識到自己要做的事有多恐怖，但我再次下定決心，一定要保護霧島同學。

【距離期中考結束，還有二十七天】

第三章

跟冰川老師開完行前會的隔週。

我們的K書集訓終於開始了。

在超級重要的K書集訓第一天。

我——

「…………咳、咳咳。」

……因為感冒躺在自家床上休息。

沒辦法，今天只能缺課了。

看來是前段時間累積了太多疲勞。

現在這些疲憊狠狠反撲在我身上……讓我因感冒而病倒了。

「冰、冰川老師，對不起……我在第一天就忽然倒下……」

「沒事，別放在心上。應該是前陣子身體不太舒服還硬撐的關係……機會正好，先把感冒治好吧。」

「好、好吧。就這麼辦……」

「那我去準備晚餐。霧島同學，你在這裡好好休息。」

穿上圍裙後，冰川老師的身影便消失在廚房內。

光看到冰川老師穿圍裙的模樣就讓我覺得好幸福，有種假裝新婚的感覺……唔唔，頭好痛，根本沒心情好好欣賞。

但唯獨有件事讓我十分擔憂。

那就是……

……冰川老師會煮飯嗎？

光是這一點，就讓我擔心得不得了。

因為，那個……我知道這麼說很失禮，但就算用客套話來形容，冰川老師也不是會做家事的那種人。

我也是被歸類在不會做家事的類型，所以沒資格批評別人，但我應該比冰川老師更拿手一點。但冰川老師之前也替我做過咖哩，應該不是完全不會下廚吧。

但據冰川老師所說，當時她費了好大一番工夫。

因此我捏了把冷汗，觀望著冰川老師的一舉一動。

「嗯，完成了。」

冰川老師在廚房裡忙了一會兒，並傳來這句話。

隨後，冰川老師端了一碗粥過來，看起來令人食指大動。

「咦？好厲害！冰川老師，妳之前說自己不常下廚，結果廚藝超級好嘛！」

「哈、哈哈。謝、謝謝。看你這麼開心，我也很高興。」

「簡直就像附近的粥品專賣店會賣的粥。」

我才剛說完，不知為何，冰川老師便僵在原地。

糟糕……跟店家的商品相比是不是有點失禮？我原本是想稱讚她，但在冰川老師聽來或許並非如此。

可是……到底怎麼回事呢？

冰川老師冷汗直流，已經到不尋常的地步了。

接著，她的眼神飄忽不定，並將頭轉向一旁說：

「……哈、哈哈，你、你說得太誇張了，霧島同學。怎、怎麼可能、好到、那種程度嘛。」

呃，老師好像很不會撒謊耶。

看她這個反應，這碗粥應該就是在附近的粥品專賣店買的。

不過就算是這樣，我當然還是很開心啦。

畢竟這是冰川老師特地為我買來的。

「總、總而言之！霧島同學，快吃吧。來，張開嘴巴。」

「咦？張開嘴巴……呃，那個，我可以自己吃，不必費心了。」

冰川老師將舀起粥的湯匙遞向我。

我急忙搖頭，冰川老師卻有些氣憤地說：

「不行～你是病人，得盡可能放鬆才行。否則能治的病也會治不好喔。」

「呃，應該沒這回事吧……」

「好了，別廢話。啊～」

「可、可是——」

我依然欲言又止。這時，冰川老師嘟囔了一聲。

「……那個時候，我真的很擔心你。」

「……咦？」

就像獨白似的。

冰川老師低下頭，用幾不可聞的聲音說：

「一到你家，就看到你倒下來，我真的好害怕……但我也同樣對自己感到憤怒。明明每天都會見到你……卻沒發現你已經快撐不住了。說不定我可以更早阻止這件事發生。」

「冰、冰川老師……？那、那是我自找的，老師不必自責——」

「所以，當時我就下定決心。至少在你恢復健康的這段期間，我要好好寵你。這已經是既定事項了，聽見沒有？」

冰川老師的態度就像孩子在耍賴似的，字裡行間有種「不接受其他異議！」的感覺。

「……還是你不願意？不喜歡我餵你吃飯嗎……？」

「呃，不會，沒這回事……」

「那就張嘴吧。來，把嘴巴張開。」

「可、可是……」

「把、嘴、巴、張、開。（微笑）」

「……好，我知道了。」

我知道自己贏不過冰川老師。

是被愛沖昏頭了嗎……冰川老師對我做這種事，我根本無法反抗。

我無可奈何地微微張嘴，她就小心翼翼地將湯匙放進來。

咀嚼吃進嘴裡的粥後，我嚐到了恰到好處的鹹味，口味也很清淡。將粥吞嚥下肚後，湯匙又在最佳的時間點送了過來。

「嗯，好棒好棒。」

冰川老師帶著年長者特有的從容微笑，對我這麼說。

唔……這種心癢難耐的感覺是怎麼回事！

只是被人餵粥而已，為什麼會這麼害羞啊！

但習慣真是件恐怖的事。不知不覺間，我已經把那碗粥全部掃空了。可能是感冒的關係，我原本還覺得沒什麼食欲。被人餵飯真是太可怕了。

「接下來要做什麼呢？霧島同學，吃過藥了嗎？」

「嗯。已經吃過了……」

「那再來就該洗澡了。霧島同學，你有辦法洗澡嗎？」

「呃……那個，我覺得身體有點累，可能沒力氣洗澡。這麼做或許不太好，但我想等到明天早上再洗。」

今天很熱，我流了一身汗，這樣真的不太妥當。

但聽到我這麼說，冰川老師就不滿地鼓起臉頰。

「那怎麼行呢，霧島同學。流了汗卻不洗澡不太好吧……而且今天這麼熱，不會覺得有點不舒服嗎？」

「話是沒錯。但老實說，我連沖澡的力氣都沒有……」

「嗯？你在說什麼啊，霧島同學？你覺得大姊姊為什麼會留在這裡呢？」

「……咦？」

「我、我的意思是應該可以幫你擦擦身體啦。」

冰川老師的臉頰染上一抹紅暈，揚起視線說道。

哦，冰川老師要幫我擦身體啊。這樣我確實就能輕輕鬆鬆不必行動，那就沒問題——呃。

不對不對不對，等等等一下。這位老師剛才說了什麼！

想、想也知道不能幫我擦身體吧！

「妳、妳在說什麼啊，老師！當然不能擦身體啊！因、因為、這樣，我就得脫衣服才行耶！」

「只、只有上半身啊？頂多還有腳！所、所以沒關係！」

「那也不行！只是有點不舒服而已，我還可以忍！所以冰川老師不必為我服務到這種地步！」

「你就這麼不喜歡被我擦身體嗎……？」

冰川老師怯生生地窺視我的臉，問道。

這個問題實在太狡猾了。因為我不可能討厭啊。但問題是被冰川老師看到裸體，感覺很羞恥耶。

我鐵了心拒絕她的好意。

「不、不行就是不行！就算妳這麼說，我也不會改變主意！」

「嘖。」

「等等，妳剛才咂舌了嗎？所以剛才那個反應是妳的計謀嗎！」

「我以為霧島同學會吃這一招。」

「在妳心中，我到底是多好騙啊！」

「真、真是的！一直大呼小叫對身體不好！你就乖乖脫掉衣服，讓我用毛巾擦身體！你剛才不是決定要接受我的寵愛了嗎！」

「我、我不記得有答應過這種事！還有，妳以為我是因為誰才會大呼小叫啊！喂，等一下！冰川老師，住手！不要脫我的衣服！」

「好了，霧島同學，雙手舉高高！」

「呀～！我被襲擊了我被襲擊了！我要被侵犯了！」

「我、我哪有襲擊跟侵犯你啊！霧、霧島同學，別說這種奇怪的話！」

結果……

幾分鐘後，我舉手投降，任由冰川老師擺布。

將我的上半身脫光，把背轉到她眼前後，冰川老師在我身後說：

「好，霧島同學，我要開始擦嘍。想要我擦哪裡就儘管說喔～」

「……嗯，謝謝妳。」

但她開始幫我擦拭身體後，感覺卻非常舒服。

每當溫熱的溼毛巾擦過身體，似乎就覺得神清氣爽。

……可是，因為冰川老師用心擦拭的緣故，我能聽見她發出「嗯、嗯」的吐息聲。而且她幫我擦拭身體時，感覺就像在擁抱我似的，我能感受到壓在背上的柔軟觸感。搞不好這些舉動反而會讓我小鹿亂撞，加速病情惡化。

「……不過，霧島同學，你的身材很緊實呢。」

「咦，是嗎？與其說是緊實，我覺得單純只是瘦巴巴的吧……對了，這麼說來，我覺得冰川老師的身材更緊實。」

雖然沒有親眼看過就是了。

但隔著衣服乍看之下，我覺得冰川老師的身形非常曼妙。該怎麼說呢，如果我是女孩子，感覺會對自己失去信心。

冰川老師卻慌慌張張地否認。

「我、我的身材一點也不好。最近反而有點鬆懈，肚子馬上就多了一層肉，讓我傷透腦筋……霧、霧島同學，你那是什麼表情？」

「呃，就算妳這麼說，也不會有人相信妳吧。」

「真、真的啦。我沒有騙你。而且我根本沒理由說謊吧？」

「我當然知道……」

可是……她的身材這麼好，就算說這種話也毫無說服力啊。

我才這麼心想，結果眼神似乎完全透露出我的心思，讓冰川老師不太高興。

「你要摸摸看嗎？」

「……咦？」

「我問你要不要摸摸看。這樣就知道我沒有在撒謊了。」

話才剛說完，我的背後就傳來卡沙卡沙的聲響。

我有種不祥的預感，回過頭一看——發現冰川老師已經將襯衫捲起來了。

冰川老師只把襯衫下半部的鈕釦解開，並用雙手抓住衣襬往上掀。白皙的腹部和可愛小巧的肚臍都袒露在外。不知為何，我覺得自己好像看到了某種神聖不可直視的東西。

是說，這個老師怎居然來真的！

這樣沒問題嗎！我還沒畢業耶，這樣沒問題嗎！

不過不曉得冰川老師是沒考慮到這一點——還是太想展現自己的肚子有多不爭氣，只見她滿臉通紅地說：

「來、來啊，快點摸。你還在等什麼，霧島同學？」

「不，可是……」

「快、快一點……真、真是的。喏，我沒有騙你吧？」

說完，冰川老師硬抓起我的手去摸她的肚子。

嗯……該怎麼說呢。確實如冰川老師所說，沒有緊實到完美無缺的地步。雖然可以捏出肚子上的肉，但真的只有一點點而已。這算什麼啊，根本只是誤差而已。

但相較之下……冰川老師腹部的絲滑觸感和熱度透過掌心傳來，這方面感覺更加不妙。感冒可能也有影響，但我的體溫似乎越來越高。我猜我應該滿臉通紅了，還流了一堆手汗。

另一方面，可能是成功傳達了自己主張正確的關係，只見冰川老師得意萬分地開口：

「喏、你看，我說的沒錯吧！我每年都會長肉，身材也沒有這……麼、好……」

這時。

冰川老師的視線飄向客廳裡的電視。

全黑的電視螢幕上倒映出我們的身影（我：半裸、冰川老師：自己把襯衫捲起來）。

過了一會兒。

或許是終於客觀理解當下的狀況了，冰川老師因為太過羞恥，連耳根子都羞紅不已，渾身抖個不停。

「……………………………………………………乾脆殺了我吧。」

「冰川老師，妳怎麼忽然用頭撞牆壁啊！」

於是，我們的K書集訓開始了。

從早到晚都和冰川老師一起生活。

像這樣住在一個屋簷下，就能看見冰川老師以往不為人知的那一面。

比如被冰川老師照料完的隔一天──

嗶嗶嗶、嗶嗶嗶──

「……呼啊，已經早上了？」

鬧鐘聲從朦朧意識的另一頭傳了過來。

我用手揉一揉眼睛，從床上起身，伸懶腰時還發出「嗯～」的一聲。

「感冒應該好了吧。」

測量體溫，確定已降至正常數值後，我喃喃自語。

身體的倦怠感也消失無蹤，應該沒什麼問題了。

「……才五點半啊。」

我看看手機，畫面上顯示為這個時間。

可能起得有點太早了。但集訓一開始，在這個時間帶醒來應該正好。

我忍住呵欠，步伐緩慢地走向洗臉台。

完成一連串的洗漱作業後，我來到廚房，久違地開始準備早餐。

畢竟家事全由冰川老師一手包辦了。

這樣的話，我至少該負責早餐。

但我也做不出什麼功夫菜。

我的廚藝本來就沒好到那種地步。

麵包、荷包蛋、煎培根和沙拉……做了這些賣相還不算差的菜色後，我一一放上餐桌。

結果——

「…………要做、早山……」

冰川老師從裡面的房間走出來，嗓音還充滿慵懶的睡意。

她穿著顏色素雅的帽T，以及方便活動的運動褲。

冰川老師的眼神仍渙散無神，彷彿還有半分意識沉在夢裡。

冰川老師想交個宅宅男友

她動作緩慢地盯著我看，百思不解地歪頭問道：

「………奇怪……霧島同學？我在、作夢嗎……？」

「不、不是夢啦──呃，冰、冰川老師！妳、妳怎麼忽然抱住我！」

「……嗯？抱得住耶……這就表示不是夢嘍……？呵呵……怎樣都好啦……我抱～」

這是怎樣！這是怎樣！

老師未免也太可愛了吧！

「冰、冰川老師……？總、總之先去洗把臉吧？我正在準備早餐。」

「……嗯，好……我去洗臉……」

冰川老師迷迷糊糊地點頭。

這個可愛的生物到底是怎麼回事啊？

一大早就上演意想不到的暖心互動後，冰川老師步履蹣跚地走向洗臉台。隨後便傳來了嘩啦啦的出水聲和啪沙啪沙的洗臉聲。

啪！

忽然響起一道清脆的聲音。

接著，冰川老師急急忙忙地衝過來。

看她的意識似乎完全清醒了。不僅如此，冰川老師的雙頰還出現了楓葉狀的鮮紅印痕。

冰川老師想交個宅宅男友

「霧、霧島同學！我、我、我剛才沒做什麼奇怪的事吧！還有，你怎麼會在這個時間點醒來呢！你為什麼在做早餐！」

「啊，冰川老師早安。」

「啊，嗯。早安，霧島同學——不對！你以為用這招就能敷衍我嗎？真是的，你不必做這些事啊……」

「我之前也說過，如果有能效勞的地方，我就會幫忙。這點小事就交給我吧。」

「你、你確實說過啦……霧島同學，真受不了你……」

冰川老師似乎難以釋懷，嘴裡唸唸有詞。

我用安撫她的語氣說：

「好啦。冰川老師，妳不吃早餐嗎？」

「我要吃！我會心懷感激地好好享用啦，討厭！霧島同學根本不必做這些事！你有沒有在聽啊！」

冰川老師用手指著我，大聲宣言道。

就像這樣，我發現冰川老師早上的精神狀態不太好。

但冰川老師也不是每天早上都會恍神——

第三章

「呼啊……今天好像也起得很早……咦？」

「呵呵，霧島同學早安。」

星期日早上。

我醒來後，發現冰川老師已經將早餐準備好了。

她平常都很想努力早起，最後仍徒勞無功。

但今天是怎麼回事？

「那個……冰川老師，妳怎麼了？今天有什麼事嗎？」

「真是的，霧島同學。今天是星期日，早上有動畫時段呀。為了看這些動畫，我就可以馬上起床！」

「啊，原來如此……」

原來是這樣。

雖然我也是每週都會收看，不過壓根兒沒想到這是她早起的原因。

星期日早上的動畫時段對宅宅來說太重要了。

「我已經把早餐準備好了。吃完之後，我們在沙發上一起看吧。」

「遵命，老師。」

冰川老師想交個宅宅男友

冰川老師笑盈盈地提議，我也表示同意。

就像這樣，我慢慢了解到冰川老師嶄新的一面。

只不過住在一個屋簷下，也不是完全風平浪靜——

「呀！霧、霧島同學！」

「哇……對、對不起！」

我不假思索地打開更衣間的門，發現冰川老師正在換衣服。

這麼說來，冰川老師剛才就說她要去洗澡了。

我明明經常提醒自己別做這種事……雖、雖然只有一瞬間，但我看得一清二楚。那個……真、真的好大啊。

「抱、抱歉，霧島同學。如果我有事先鎖門就好了……」

「別、別這麼說，這不是冰川老師的錯！是我太粗心了！對不起！」

我拚命低頭道歉。

結果冰川老師將更衣室的門微微打開，從門縫中露出一張臉。

「……那、那個……你、你原本想偷窺嗎？」

「才沒有！」

聽到這子虛烏有的誤解，我用盡全力大吼否認。

「我、我——雖然不知道老師信不信任我，但我完全沒有偷窺的意圖！呃，之前為了避免這種事發生，我反而還處處提防呢！」

「是、是喔——你完全沒動過偷窺的念頭啊……」

「沒錯！我真的、完全、根本沒打算偷窺！」

「是喔～～～～」

怎、怎麼回事，好像不太對勁……？

每當我主張自己的清白，冰川老師的心情就越來越差耶。

咦，為什麼？雖然完全不曉得原因為何……

呃……這麼一來，雖然還有那種可能性……不對，不可能吧。

但或許還是有萬分之一的可能性，於是我開口問道：

「……那、那個，冰川老師。妳該不會……希望我偷窺吧？」

「怎、怎麼可能！」

冰川老師滿臉通紅地否認。

嗯、嗯……實在搞不懂耶。

冰川老師想交個宅宅男友

冰川老師為什麼會不高興呢？
「……霧島同學是大笨蛋。」
看我歪頭不解，冰川老師像在鬧脾氣似的嘟噥。

也會有諸如此類的問題。
照這樣看來，或許會覺得我根本沒在K書，但我當然也有努力苦讀。
比如就像這樣——

「我們先來決定K書集訓的目標吧。」
K書集訓進行到第二天。
冰川老師身穿便服，戴上黑框眼鏡，開啟半教師模式並這麼說道。
我在客廳裡盤腿坐著，一臉疑惑。
「目標？」
「嗯。以霧島同學目前的實力……考到學年兩百五十名應該差不多了……你覺得呢？」
「呃、那個，話是沒錯啦。」
老實說，我覺得兩百五十名是個很難跨越的門檻。

第三章

慶花高中大約有三百位二年級生，而我現在的成績大概是倒數第二名。這陣子我有稍微用功一點，排名大概落在兩百九十名左右。

但她卻把目標定在兩百五十名。

對去年混了一整年的我來說簡直難如登天。

可是……

「…………」

我偷偷瞄了冰川老師一眼。

冰川老師疑惑地歪頭。這個模樣當然也可愛極了。於是我下定決心，不想在她面前表現出差勁的一面。

「……我會努力。」

回過神來，我已經接受這個目標了。

「下次期中考，我會以兩百五十名為目標。」

「嗯。」

冰川老師微微一笑。

隨後，她又變回老師的嚴厲臉孔，繼續說道：

「確定目標後，我想立刻展開集訓。不過……霧島同學，有任何問題嗎？」

「有。」

「好，請說吧，霧島同學。」

我像在上課一樣舉手發問，冰川老師就做出催促的手勢。

「雖然說是K書集訓，但整體而言要用什麼方式進行呢？」

「關於這一點，我之前已經思考過了。」

冰川老師不知從哪兒拿出一張紙，遞到我面前。

上頭用圓餅圖畫出了我的一日預定表。早上六點半起床，晚上十一點就寢，是非常健康的作息規劃表。還確實分配了許多自由時間，不算是相當緊湊的行程。

「……呃，該怎麼說，這樣沒問題嗎？」

我原本以為是超級斯巴達的行程。

還以為會像「別以為還有閒工夫睡覺！」這種感覺。

冰川老師解除教師模式後，生氣地鼓起臉頰，似乎察覺到我的心思了。

「真是的，霧島同學。你忘記我們為什麼要舉行集訓了吧？」

「啊、啊哈哈……」

「這次的集訓目標當然是考到兩百五十名——但最大的前提是你不能病倒。你有確實理解到這件事嗎？」

「我、我知道啦。可是……」

「霧島同學，你覺得哪一種人才能付出最大程度的努力？」

忽然間。

冰川老師改變了話題。

而我直接說出浮現於腦海中的答案。

「呃……廢寢忘食，取得某種成就的人？」

「錯，並非如此。如果這樣還能維持高度表現，那倒無所謂，但我們只是人類，終究會面臨極限。換句話說，能經常維持高度表現的人才是最強的。」

「經常維持？」

「沒錯。不過為了達成這個目標，就得採取各種方法。比如飲食、作息規劃、健康管理和強身健體。除此之外還有很多方法，但至少得做到這些必要措施。」

「呃，妳雖然要我強身健體……但我很健康啊？」

「現在還看不出來。」

我表示自己不常感冒，冰川老師就露出遙望遠方的眼神回答：

「因為霧島同學還年輕……我還是女高中生的時候，也覺得自己怎麼吃都不會胖。隨著年齡增長，腹部的贅肉很快就會跑出來，再加上運動時間不足，所以體重都降不下來……哈哈，真不想變老（眼神死透）。」

「冰、冰川老師！妳、妳沒事吧！」

「嗯、嗯，我沒事……咳咳。那、那個，總之我想說的是，鍛鍊身體也是重要的一環。」

「——否則未來的三十年、四十年，會沒辦法繼續打拚喔。」

「四十年……」

話題的格局實在太大，令我不禁嘟噥了一聲。

的確。如果想打拚這麼長的時間，就必須鍛鍊身體才行。畢竟每個人都會經歷衰老這一關。

「但我也不強求霧島同學這次就要走到這一步，終歸只是理想而已。因為我肯定也沒辦法做到這種程度。所以，這次我只想讓霧島同學體會到『努力要持之以恆』這個道理。」

「是，我知道了。」

我緩緩地點頭。

有志者事竟成——這番話雖然耳熟能詳，但我也終於稍微感覺到這將伴隨著多大的困難。

「接下來談談讀書計畫吧。」

說完，冰川老師從包包裡拿出一疊厚厚的資料。

老師看著那些資料，瞄了我一眼。

「我試著從各層面進行分析……霧島同學，你只在去年那一整年失去了讀書的動力吧？國中時期的表現還不錯啊？」

「是、是啊，話是沒錯……咦？妳怎麼知道？」

「畢竟你國中時期的成績足以考進這間高中，我就在猜你的表現應該不錯。另外，可以在二年級輕鬆取得好成績的科目或章節幾乎都不會被拖欠的進度影響。」

「拖欠的進度？」

「嗯。沒搞懂前一個章節的內容，就沒辦法進行到下一步。若在這個地方卡關，就會連帶影響到後續學習。所以，要提升霧島同學的成績，乍看之下不太容易，其實很簡單。」

「——只要把卡關的部分重新搞懂，就能順利進行到現在正在學習的章節。光靠這個方法，你就能進步。」

「唔。」

不知為何，顫慄竄過我的背脊。

冰川老師的眼神非常嚴肅，至少不像在調侃我。冰川老師真的相信我的成績可以比現在進步許多。

這讓我欣喜若狂。

可是與此同時，我也明白這是一項無比艱鉅的任務。

我抱著愧疚的心情，心驚膽顫地偷瞄冰川老師的臉。

「可、可是，那不就得找出我到底卡在哪一關嗎？老實說，我連自己哪裡不懂都搞不清楚，連卡在哪一關都無法掌握……」

「這倒不用擔心。」

我指出了這個決定性的隱憂。

然而聽到我的疑惑，冰川老師只露出一抹自信的笑容。

「我已經從過去的教學過程中找出你的弱點了。所以你接下來只要克服不擅長的科目，努力追上進度就行。如果能將這個方法成功灌輸給你，往後你就能獨立完成。但不能勉強自己喔？當然也要好好讓自己喘口氣。」

「好。」

我用力點點頭。

在後續將近一個月的時間內，要將排名提升到兩百五十名。

當初我覺得這只是痴人說夢，但現在不一樣了。

冰川老師舉手為我加油打氣，接著道：

「——那我們就好好活動、好好學習、好好遊玩、好好吃飯、好好休息。開始K書集訓吧！」

「這句話好像在那裡聽過耶！」

冰川老師似乎很喜歡某部超人氣的少年漫畫。

於是，我們的K書集訓正式展開。

早上我會為冰川老師準備早餐，再進行自主學習。

上學到放學後的這段時間，我都會認真聽課。午休時間就跟冰川老師在學生輔導室一起用餐。放學後，吃完冰川老師買來或親手準備的晚餐，再繼續接受她的指導。

睡覺前，我們會一起玩遊戲或看動畫。

我們每天的行程就像這樣。

K書時間應該比之前少了很多。

然而我卻深有所感，覺得自己踏著充滿效率的腳步往前邁進。

感覺就像齒輪之間緊緊咬合，在我體內慢慢累積基礎似的。

若以遊戲為例，我目前的狀態就是：雖然沒升級，經驗值卻紮紮實實地不斷累積。

在如此規律的生活中，經過了一週。

【距離期中考結束，還有二十天】

第四章

「我根本不需要朋友。」

午休時間，老地方，學生輔導室。

我一臉嚴肅地說著，彷彿在闡述世界的真理。

「只要有朋友，就會被白白占去時間。我還要忙著追這一季的所有動畫、嚴格篩選迷你夢的個體值，老實說，根本沒辦法把精力分散到朋友那一塊。而且有些事還非得和朋友一起做不可。但我已經有冰川老師這個女朋友了，那些事只要跟冰川老師一起做就行。所以不是我交不到朋友，而是覺得根本沒必要，才覺得乾脆不要交朋友才是正確的。」

「那個。」

這時，冰川老師插嘴道。

隨後，她用小心翼翼的口吻問我：

「那個……所以說，明明都已經六月了，霧島同學卻還總是一個人……」

冰川老師想交個宅宅男友

「咕啊啊啊啊啊啊啊啊啊啊啊啊啊啊啊啊啊啊啊啊啊啊啊啊啊啊啊啊啊啊啊啊！」

聽到這句話，我忍不住發出哀號。

因為、因為！

各位想想看！每天都被喜歡的人看到自己獨來獨往的樣子耶！

因為她是老師，所以會帶著善意為我擔憂！

天底下有這麼悲慘的事情嗎！

可惡！沒想到跟老師交往會出現這種弊病！

「你、你還好嗎，霧島同學？對不起，你應該不太想被問到這種事吧。」

「沒、沒什麼，被問了也無所謂……」

「不過，因為霧島同學總是一個人，讓我有點掛心……呃，比如霧島同學身邊有沒有感情不錯的朋友？」

「……感情不錯？朋友？」

「那個，你的反應怎麼像第一次聽到這個單詞的外星人啊？」

「國中畢業旅行時，跟我一起在寺廟前合照的那群人算是感情不錯的朋友嗎？」

「感覺有點牽強……不過，嗯，就是那種人。」

「但那群人之後就把我甩到一邊，到頭來我還是一個人去觀光了。」

「嗯，那根本稱不上是朋友啊。」

「不過他們或許是在為我著想，才會讓我單獨行動……這樣一想，說不定我們的交情也能算是朋友吧。」

「這種想法也太樂觀了吧！」

這我當然明白。

我和那些人的關係根本算不上朋友。

但和他們一起合照還是讓我很開心……儘管那只是他們為了跟老師交差，證明自己「確實有和霧島同學一起行動」，那也無所謂。

「再說，我從以前就不太會交朋友，跟眼神凶狠與否沒有關係。」

「咦？是嗎？」

「對啊。」

我點頭，遙望著遠方，開始回想過去的種種。

「我曾以為用ＳＮＳ那種單純的文字交流，或許就能交到朋友，結果還是沒辦法。另外，我也曾想過，在ＣＯＭＩＫＥＴ那種有共同興趣的人齊聚的場合，或許也能交到朋友。想當然耳，這樣也行不通。」

冰川老師
想交個宅宅男友

應該說，我覺得「在COMIKET交朋友」根本就是痴心妄想。當然也有「透過熟人牽線」這個方法，但像我這種沒門路又不會交流的人，簡直就像都市傳說。

不知為何，去COMIKET之前，我總會對這種妄想堅信不移。在等候入場時跟其他人攀談幾句，就可以發展出友誼……我總會幻想這種情境，但根本不是這麼一回事。當時我主動搭話，那個人就用奇怪的眼神看我——最後可能覺得我很恐怖，甚至還想將排隊順位讓給我。而我當然婉拒了這個提議。

說來也是理所當然。若我能在COMIKET交到朋友，自然也可以透過SNS交到朋友了……

我認為宅宅有兩種類型。

一種是擅長與人交流的行動型宅宅，另一種是缺乏交流能力的宅宅。無須多言，我屬於後者。

「啊……但我或許能理解霧島同學說的話。」

正當我回想起心靈創傷時，冰川老師似乎想到了什麼，彷彿在回顧過往似的瞇起雙眼。

「我曾經以為只要去演唱會，就能交到朋友……你想想，不是常看到大家會在SNS上說『下次演唱會結束後去喝一杯！』，或是每次在會場都跟特定團體玩在一起的人嗎？我總覺得只要多去幾次演唱會，或許就能加入那種團體。只是想也知道，如果不主動出擊，這種事就不可能發生……但我去了幾次之後，大家都只是因為漸漸記得對方的長相，變成見到面後只會尷尬地跟彼此點頭寒暄的微妙關係。」

「啊——感覺能想像到那種畫面。」

雖然覺得這種事應該跟粉絲人數大有關係。

不過連我這種不常去演唱會的人，都能馬上聯想到那一幕。

「可是，現在不一樣了。」

「咦……？」

冰川老師露出一抹微笑。

「因為現在有你在我身邊，再也不用勉強自己一個人參加活動了嘛。到時候我們可以一起行動。」

「……也是呢。」

是嗎……原來如此。

雖然跟冰川老師交往的時間還不長，有點難以想像就是了。這樣啊，下次我們就可以一起行動了。當然，考量到我們的關係，還是得留意外界的眼光。

奇怪……等一下。這樣的話，有女朋友果然還是所向無敵嘛。

冰川老師想交個宅宅男友

再也不用擔心要跟誰抒發演唱會的感想，以前一個人逛不完只得放棄的ＣＯＭＩＫＥＴ戰利品，說不定也有機會買到了。

換句話說……

換句話說，總結剛才那些話題，就能導出一個結論——

「果然沒錯，只要有女朋友，就不需要朋友了啊……？」

「呃，不對吧？」

冰川老師傻眼至極地盯著我，否定我的結論。

「畢、畢竟是女朋友耶！相較之下比朋友更優越！而且還是高性能版本！有女朋友的話，哪裡還需要朋友啊！」

「嗯～我認為戀人和朋友截然不同……至少不能用優越或高性能來形容。」

「可、可是，有女朋友的話，跟朋友一起做的事情基本上都能做啊！反過來說，有很多事可以跟女朋友做，卻不能跟朋友一起做嘛！」

「例如什麼？跟女朋友可以做哪些事？」

「跟女朋友可以上床啊。」

我用超級認真的表情這麼說。

「上、上……！或、或許是這樣沒錯啦……」

冰川老師開始喃喃自語，說起話來含糊不清。

但她可能聯想到那方面的事情，感覺頭頂都要冒煙了。

「真、真是的，霧島同學，不准再說那種奇怪的話！我不是說過畢業之前不能做那種事嗎！」

「可是冰川老師之前說可以隨我想像啊。」

「沒、沒錯！我是說過！但、但還是、不行！不准說出來！」

冰川老師的語氣稍微變回教師模式，生氣的樣子可愛極了。

「總、總之！有些事可能真的只能跟女朋友做……但我覺得，有些事一樣只能和朋友做啊。」

「是嗎……」

「嗯，我是這麼想的。」

冰川老師點了點頭。

隨後，她猛然回神，似乎想起了什麼事。

「不、不對。說到底，我會提起這個話題，主要是擔心霧島同學總是獨來獨往……但也

冰川老師想交個宅宅男友

認為結交朋友或許對畢業後的出路有幫助。」

「朋友對畢業後的出路有幫助……？」

我實在沒辦法認同這句話。

因為我完全搞不懂朋友怎麼會跟畢業出路扯上關係。

「『有幫助』這種說法可能不太妥當……總之，你應該把某個人視為目標。你的思考會受其影響，或是單純不想輸給對方。按照少年漫畫的說法，感覺就像『勁敵』吧。」

「啊啊——」

原來如此，我終於能理解了。

對鳴人而言，就是佐助吧。

若以還在連載的作品來比喻，對綠谷來說，就是爆豪。

「倒也不是非得結交朋友才行……但交到朋友的話，就可以深刻地了解那個人，也容易受到正面的影響。」

「但我馬上就要找到想視為目標的人嗎？」

「不用把那個人的一切視為目標，只鎖定特定部分也行。這樣可行度就提升了吧？」

「說得也是呢。」

「霧島同學，你的性格傾向於不會主動與別人扯上關係……如果情況允許，或許可以稍微留意看看。」

聽冰川老師這麼說，我點了點頭。

可是……

「果然很不容易……」

一早，前往學校的路上。

我朝著慶花高中走去，同時小聲咕噥。

我跟冰川老師錯開時間出門，正準備去上學。

不僅如此，我最近每天早上都會去圖書館讀書，其他學生還忙著社團晨練，我就已經到校了。所以周遭空無一人，非常安靜。

冰川老師說的沒錯，我確實沒想過要積極與他人搭上關係。

可能是因為大家都躲著我，我也漸漸習慣了這種行為模式。

再說，都已經六月了，我卻連全班同學的名字都記不住。

所以，雖然明白冰川老師的理論……但還是困難重重。

基本上，我身邊沒有任何人。

冰川老師
想交個宅宅男友

硬要說的話，可能就是木乃葉……嗯～但我覺得那傢伙不值得學習的缺點反而比較多。

撇除木乃葉之外，說到周遭可以拿來舉例的人……

「……應該是夏希吧。」

夏希陽菜。

據說這位同學個性善良、運動萬能，成績似乎也超級優秀。

我跟她之間只有「同班」這個共通點，除此之外根本扯不上邊。所謂的目標，應該就是指她那種人吧。

正當我如此心想時。

「……嗯？」

我看到那位夏希陽菜正好走過中庭。

她要參加社團的晨練嗎？

但這個時間感覺有點微妙，畢竟操場上已經有好幾個社團開始晨練了。不僅如此，夏希前往的方向不知為何竟是慶花大學。

在這裡稍微補充說明一下——我之前可能已經說明過了——慶花高中和慶花大學坐落於同一片校地。以校門為起點，慶花高中的位置靠前，慶花大學則設置於後方。

所以從慶花高中再往後走一段路就可以抵達慶花大學。

「……嗯？」

夏希優異的表現中說不定有什麼不可告人的祕密。

而這個祕密，可能就藏在慶花大學之中。

我的腦海中浮現這種愚蠢的妄想——

我心想：浪費一點點時間也無妨。於是便偷偷追上了夏希的腳步。

結果幾分鐘後，我就跟丟了。

咦……真奇怪。我的確看到她走進慶花大學圖書館啊。但我所在的一樓位置，似乎沒看見她的人影。

附帶一提，慶花大學的圖書館正好是慶花高中和慶花大學的分水嶺。

除此之外，持高中學生證也能進入。反之，用大學學生證卻不能進入高中圖書館。

既然跟丟了，那也沒辦法。

我也沒力氣跟動力特地去其他地方搜索，乾脆今天就在這裡讀書吧。

下定決心後，我從書包裡拿出筆記和課本開始K書。

之後我集中精神寫著冰川老師為我出的特別題庫……時間一晃眼就過去了。

冰川老師想交個宅宅男友

呼～快要到班會時間了。

差不多該往慶花高中出發了。時間有點晚，得加緊腳步才行。

我小跑步趕往圖書館出口。

正當我準備經過通往二樓的樓梯旁時，上方傳來一陣「噠噠噠」急速往下跑的聲音。

怎麼回事？

我往樓梯方向瞄了一眼——

「唔！」

是慶花高中的女生制服。

我只意識到這一點。

因為對方就是用這麼快的速度衝下樓梯——朝我逼近而來。

我和對方同時準備閃避。

但卻連閃避的方向都一模一樣。

我們幾乎同步地將身子挪向一旁——

「「唔！」」

衝擊。

從意料之外的方向傳來的撞擊讓我頓時跌坐在地。

那個女學生似乎也跟我一樣跌坐在走廊上。不僅如此，可能因為女學生的書包沒關好，書包裡的東西全都散落在圖書館走廊上。

「哇、哇哇！對不起！」

那個女學生連忙起身，用力低下頭。

接著，她動作飛快地抬起頭來。沒想到我居然認得那張臉。

「夏、夏希同學……？」

「霧、霧島同學……？」

夏希頓時瞠目結舌，似乎嚇到了。

是說，我還以為夏希不在圖書館裡……原來她在二樓啊。我只在一樓隨意找找而已，當然找不到。

「呃，糟糕！得、得趕快出發才行！啊，不好意思，剛剛撞到你了！你還好嗎？」

「啊、噢，我沒事……」

「那就好！啊、呃……真的很抱歉！再見！」

話才剛說完，她就火速將書包裡那些掉在地上的東西撿起來，往慶花高中的方向猛衝。

轉眼間，我就被她留在原地了。

太、太快了吧……不到一會兒，她的身影就變得像豆子那麼小。我本來還想幫她撿書包裡的東西，結果根本沒那閒工夫。

在那之後。

「………………啊。」

一看到時鐘，我就渾身僵硬。

離此處有段距離的慶花高中校舍傳來了班會時間開始的鐘聲。

糟、糟糕，死定了……又要被冰川老師痛罵一頓了！

明明一再提醒自己別重蹈覆轍！

不對，如果教職員會議開久一點，冰川老師可能還沒走到教室。現在開始狂奔，或許還來得及？

我心裡這麼想，並準備往慶花高中邁開步伐。

就在此時。

「……奇怪？」

我看到一本書掉在走廊上。

是不是夏希剛才跟我相撞時弄掉的？

我不經意地撿起那本書——卻驚訝地瞪大雙眼。

因為對「班上的風雲人物少女」來說，帶著這種東西實在太不自然了。

——那是一本輕小說。

◇　◇　◇

第四章

「唔……那個夏希陽菜，居然會看輕小說……」

當天晚上，地點是我家。

我坐在沙發上，拿著夏希遺落的輕小說喃喃自語。

在那之後，我找不到歸還的機會，沒能將書還給她。

再說，也不確定這到底是不是夏希的東西。

無論如何，「輕小說是宅宅的讀物」這個刻板印象已經深植在我的腦海。所以我完全無法想像，感覺超級陽光的夏希會看這種書。

不過，如果是青春小說類型的輕小說，或許還能理解。

但這本書的題材卻是……

【魔法神話大戰８　瑪基娜・茵菲魯諾・赫爾布拉德】

冰川老師想交個宅宅男友

怎麼說呢，居然是這種光看書名和作者筆名就知道超中二的戰鬥輕小說。

是說，從書名就看得出這部作品很中二也是滿厲害的一件事。

而且這個作者的筆名在上市當時就蔚為話題，甚至一出道就忽然爆紅。不僅如此，內容當然也很有趣。因為這種毫無矯飾的中二病奇幻小說最近很少見，對我這種喜歡這一味的讀者來說，完全正中紅心。

但就算告訴我夏希會讀這種書，我還是覺得疑惑。

因為這是中二病戰鬥小說，而且還是最新的第八集。

如果她在看這種書，完全就是粉絲等級了嘛。

「啊，魔法神話大戰！難道霧島同學也在看嗎？」

「妳說『霧島同學也在看』，代表冰川老師也有看嗎？」

「嗯。最近這類型的作品很少見，我也很愛看。」

說完，冰川老師在沙發旁邊的座位坐了下來。

看樣子她似乎剛洗完澡。身上微微散發出柑橘香，讓我不禁怦然心動。我偷偷瞥向她的側臉，發現冰川老師穿著領口大開的輕薄T恤，有夠性感。

冰川老師將《魔法神話大戰》拿在手中，翻著書頁說：

「哇，好厲害喔。霧島同學，這是怎麼回事？上面寫了好多筆記喔，甚至還有針對台詞的修改部分……這是霧島同學寫的嗎？」

「咦？讓、讓我看看……啊，真的耶。寫了好多筆記……」

「奇怪？這不是霧島同學寫的嗎？」

「……嗯。其實這不是我的書，是我撿到的。」

「哦，這樣啊……那就得物歸原主才行。畢竟那個人超用心地在上面寫滿了筆記，對他來說應該很重要吧？」

「是啊。明天我會想辦法歸還。」

要在輕小說上留下這麼多筆記，想必花了不少時間。

至少不是寫著玩的。心中沒有某種信念的話，根本無法完成這種絕技。

「看了這本書，就想看看好久沒看的中二病動畫耶！霧島同學，我們來看《反叛的魯路修》吧！」

「嗯？那是什麼？」

「對喔……霧島同學不知道上個世代的作品啊……」

冰川老師變得好沮喪。

◇　◇　◇

隔天。

我很早就到校了。

或許夏希每天早上都會在大學圖書館，做跟這本輕小說有關的某些事。

我這麼心想，選擇和昨天同樣的時間點來到高中……

「……很正常地在晨練嘛。」

前往慶花大學途中的操場上。

棒球社、足球社、橄欖球社、田徑社，各式各樣的社團在操場上各據一方進行練跑。她好像是女子手球社，位於最後方。

以夏希陽菜為首的女社員們在操場上狂奔。她們穿著短袖上衣和短褲，這種裝扮常會讓人聯想到男孩子。

看來她們正在練習投球。

練習方式是：攻擊方和守備方同時從場邊衝出——攻擊方要想辦法躲開守備方，接住同隊的守門員傳來的手球，射進對手的球門裡。

第四章

可是……

哨聲響起的瞬間，夏希一口氣用最快的速度狂奔而出。

這股瞬間爆發力將本該跑在她身邊的守備方社員遠遠拋下，一個人跑在最前方。她接住同隊守門員傳來的球後，一直線衝向對方守門員堅守的球門。

然後——

「唔！」

飛翔。

夏希衝到球門前，順勢往上一跳。

感覺好像只有這個空間的「時間」概念被抽離了。或許是夏希的跳躍力太驚人，她在空中維持投球姿勢，久久沒有落地。守備方的守門員忍不住焦慮先展開行動，而這似乎也在夏希的預料之中。只見夏希看準守門員移動的瞬間，歪過身子猛力投球。隨後她以後背著地，在操場上滾了一圈，並採取防護姿勢。

「…………呼。」

不知不覺間，我已經為之屏息。

我不禁看得入神。

畢竟我沒辦法像她那樣又跑又跳……可是，正因如此，才更無法想像這本輕小說是她遺落的。

這時。

「……啊、呃……霧島同學？你在這裡做什麼？」

忽然有人向我搭話。

夏希不知何時來到我身邊了。

她似乎是要過來使用設置於操場上的洗手台。「嘰」一聲轉開水龍頭後，她用流出的水沖洗沾滿泥土的手和腳。

是說，她、她怎麼會忽然跟我搭話啊？

難道她有事找我嗎……但看她的樣子，似乎單純只是來用自來水洗手而已，完全沒別的意圖。

這位態度自然地來找我談話的同學讓我有些驚慌。這時，夏希「啪」的一聲雙手合掌，眨起一側眼睛對我說：

「啊，不好意思，昨天不小心撞到你了。我跑的時候有留意周遭，但我實在太冒失了……朋友也常常跟我說『陽菜，拜託妳謹慎一點』，但還是改不過來。」

夏希搔搔頭，「啊哈哈」地笑了出來。

「沒、沒什麼，別放在心上……這不是夏希同學的錯。因為我也沒注意到。」

「是嗎？那我們是彼此彼此嘍……對了。」

這時。

夏希忽然稍作停頓，接著直盯著我看。

她到底想說什麼……？我才剛這麼想，夏希就忍俊不禁似的，噗哧一聲地笑出來。

「我、我們明明同班，你還叫我『夏希同學』……呵、呵呵，一般來說還會加上『同學』這個敬稱嗎？而、而且，都已經六月了耶。呵呵……」

「啊，呃，那是……」

「我還以為霧島同學會表現得更冷漠耶。說不定比想像中還要和善呢，呵呵。」

「是、是喔？」

咦？她在笑什麼？剛才那段對話很有趣嗎？

我在不明所以的狀況下給出答覆，但我不知道該怎麼回答才對。也、也罷。不過，與其像平常那樣讓大家聞風喪膽、避之唯恐不及，這樣反而比較好嗎……？

夏希帶著和藹可親的笑容說道：

「『夏希同學』這個稱呼太見外了吧？叫我夏希就好。或叫陽菜也行喔。」

「這、這麼說來，夏希同……夏希，妳不也叫我『霧島同學』嗎？」

「真的耶！還有，你直接無視『陽菜』這個選項喔？」

夏希露出淘氣的笑容，說出最後那句台詞。

「那我就叫你霧島吧。請多指教嘍，霧島。」

「喔，好。」

「對了，我們明明同班，卻完全沒聊過天耶。乍看之下，霧島似乎也沒有傳聞中那麼恐怖呀。以後我們多聊聊吧。」

「喔，好。」

「好好相處吧。我還要繼續晨練，等一下班上見嘍。」

說完，夏希就馬上跑走了。

呼……她真的好厲害啊。

尤其是拉近距離的方式。那種隨和的搭話法，我實在學不來。不僅學不來，我甚至跟不上聊天的步調，聊到一半就變成一句機械，只會說「喔，好」這句話。

我陷入沉思時，夏希像是想起什麼似的又轉身跑了回來。

「那、那個，霧島。我想問你一件事……」

「嗯？」

她怎麼又突然跑回來？有什麼事嗎？

我疑惑地歪著頭。

另一方面，夏希不知為何窺探著周遭，猶豫再三地張口又閉口。

最後，她像是要帶過這個話題似的笑了笑，揮揮手說：

「嗯。還、還是算了。別放在心上，霧島。」

「喔，好。」

「掰、掰掰，等會兒班上見！」

說完，夏希就跑回去繼續晨練了。

到底怎麼回事？

不過，我還是很難想像這本輕小說是夏希的所有物。

啊～幸好我剛才沒有說：「這本輕小說是不是妳的？」

問了之後，她應該會說：「咦？霧島，你沒事吧……？你以為我會看這種東西嗎？」，我就會在學校裡遭到公開處刑。好險好險。

決定不問後，我離開了操場。

或許是因為這樣吧。

我完全忘記夏希想問我什麼事了。

◇　◇　◇

於是，時間來到放學後。

為了將這本輕小說登記為遺失物，我來到大學圖書館。

我本來想早上過來，但今天早上因為圖書館內部因素暫時休館。

我走進美麗的圖書館內，前往櫃檯處。

結果在路途中。

之前我跟夏希相撞的那個樓梯附近的走廊上。

不知為何，夏希陽菜居然以五體投地的姿勢趴在那裡。

……呃，那個……她在幹嘛？

夏希趴在走廊上，感覺臉都要貼上去了，並在書櫃下和擺設之間到處查看。

簡直就像在找什麼東西似的。

我不經意地開口喊她。

第四章

「喂，夏、夏希——」

「呀啊！」

夏希卻頓時發出慘叫，整個人跳了起來。

她似乎沒想到身後有人。

啪沙啪沙——可能是因為夏希手上抱著一大疊紙趴在地上，在往上跳的衝擊下，紙張就像紛飛的雪花般散落在走廊上。

「啊！對、對不起！呃、咦、霧、霧島？有什麼事嗎？」

「啊、啊啊……不好意思。我有點事，才會開口叫妳……」

沒想到她會嚇成這樣。

我低頭看向走廊上散亂一地的紙張，開口道：

「總之，先把這些撿一撿吧……對了，妳怎麼會抱這麼一大疊紙？這些是什麼？」

「咦？呃、不、放著就好！不用幫我撿！」

剎那間，夏希以驚人的速度將散亂在走廊上的紙抓回自己手中。

那速度簡直非比尋常。她就這麼不想被我看到那些東西嗎？

我維持將手伸向走廊的姿勢僵在原地。夏希則扯出一抹明顯的燦爛假笑。

「對、對了，霧島，你怎麼會來圖書館？啊，是不是因為外面下雨，你才過來躲雨？」

「不，外面晴空萬里啊。」

她沒事吧？從這裡也能看到天空啊……她怎麼忽然說這種話？

不過，她慌成這樣，連我也能看出她有事瞞著我。

雖然無意深究，但老實說，我也很好奇這位學年第一美少女在隱瞞什麼。

我才這麼心想——

「「唔、呃！」」

狂風來襲。

可能是圖書館某處的窗戶沒關，忽然颳來了一陣風。

夏希反射性地用抱著紙張的手壓住裙子。我也幾乎在同一時間挪開視線，免得自己看見裙底風光……呃，奇怪？

有張紙隨風飛舞，輕飄飄地落在我手邊。

這大概是夏希弄掉的紙吧。可能是剛才忘記收回去了。

「……啊！啊！」

我拿起那張紙看了一眼，而夏希臉色鐵青，嘴巴不停開闔。

只不過是一張紙，她的反應也太誇張了吧。

我準備將那張紙還給夏希時——卻因不可抗力瞥見了紙上的內容。

那張紙上滿滿都是字。在相當於文書處理程式的標題處，有這麼一行字。

【魔法神話大戰9】

「……………………啥？」

這行字看起來太奇怪了，讓我不禁僵在原地。

好像不太對勁。雖然直覺告訴我好像不太對勁……我卻很難解釋這種感覺。

這行字到底有什麼奇怪之處——

「不、不好意思啊，霧島。其實我要影印圖書館裡的書，但不小心印錯本了。所以，這不是我的東西。別擔心，我會負責把這些扔掉——」

說完，夏希帶著明顯至極的假笑，轉身背對我。

可是在那之後。

雖然慢了好幾拍，但我終於發現哪裡不對勁了。

「等、等一下……夏希，妳剛才說影印了圖書館裡的書吧？」

「嗯、嗯。對、對啊？」

聽到我出聲制止，夏希側著身子，只將臉轉向我。

光看她的表情，就知道她想盡快離開現場。

但我有理由阻止他的行動。

因為……

「……這話不是很奇怪嗎？『因為《魔法神話大戰》目前只出到第八集啊？』妳要怎麼影印還沒上市的書？」

「唔！」

沒錯，就是這樣。

魔法神話大戰的最新一集是第八集，還要再過兩個月才會出版第九集。但那份影印的資料居然會出現在圖書館內——還在夏希手上，未免也太奇怪了。

與此同時，我也回想起撞到夏希時掉在地上的那本輕小說。

諸如台詞的修改處等等，那本輕小說上密密麻麻地寫了一堆筆記。

細心筆記的程度感覺就像往後還要加以運用那般。如果沒有那份熱情，根本不可能寫這麼多註記。

還沒上市的第九集原稿。

以及標註了更改處的那本輕小說。

照這樣推斷……難道夏希她——

「夏、夏希，難不成妳是——」

腦海中浮現出一個愚蠢的妄想。

然而這個想法一旦出現，就覺得這才是唯一解。

最後——夏希嘆了口氣，彷彿從我的反應中察覺到我內心的想法。

「唉～被發現了。還以為學校裡不會有人看我的作品……而且那個人居然還是霧島。」

轉眼間。

夏希的形象驟變。

跟剛才那種爽朗的感覺完全不同——正好相反。

這種渾身帶刺的感覺，跟進入教師模式的冰川老師一模一樣。

「是啊，『你這傢伙』猜對了。」

夏希無畏地揚起一抹淺笑，如此宣言。

宛如故事中的某段情節似的。

「我就是《魔法神話大戰》的作者——瑪基娜。」

第五章

「妳說……什麼……」

我可以想像得到，也已經猜到了。

但夏希的這番宣言，我還是無法馬上消化。

因為我的同學居然是那部系列作——而且還是我正在追的最愛的系列作作者。

就算已經聽見她說的話了，我還是沒辦法照單全收，便用顫抖的嗓音問道：

「真、真的嗎……？夏希，妳沒騙我，真的是那位——」

「是啊。我就是《魔法神話大戰》的作者，瑪基——」

「赫爾布拉德老師嗎！」

「拜託你叫我瑪基娜好嗎！」

我才剛說出這個名字，夏希就滿臉通紅地怒斥。

「不、不要用那個名字叫我！你給我聽好，要是你敢再喊出那個又土又中二的名字，

我絕對饒不了你！呃，不對，我也不希望你因為這樣就在校內喊我瑪基娜就是了……總、總

之，就是不准用那個名字叫我！」

那妳為什麼要取這種名字啊？

既然是輕小說作家，就會經常被別人用筆名稱呼吧。

真受不了，拜託想清楚一點好嗎？

「……不過，還真難以置信。」

看到夏希雙手環胸，生氣地將臉別開的樣子，我說出這個感想。

同學居然是我最喜歡的作家耶。

天底下會有這種事嗎？

「你不相信有什麼用，證據全都擺在眼前了吧？」

「也是。不過我也不是在懷疑妳啦。該怎麼說呢？比起懷疑，我應該只是還沒辦法接受而已。」

也能說是無法理解眼前的現實。

「對了，妳為什麼要隱瞞自己是輕小說作家……還有妳的個性？」

其實之前我就猜到她可能是輕小說作家。

不過我還沒接受這個事實就是了。

但我沒想到她連個性都偽裝。這跟我知道她是輕小說作家時同樣——不，或許更驚訝。

「那、那是因為……你應該懂吧？有些人光知道你是阿宅就會躲得遠遠的。」

「這倒是……」

雖然大家還不知道我是阿宅，就已經對我避之唯恐不及了——但我明白她想說什麼。

我覺得跟過去相比，「阿宅」這種偏見已經少了很多。

比起過往，這個概念應該更深入世人觀點，大家也願意接納了。

雖然不知道以前的狀況如何，但聽冰川老師的描述，感覺已經沒什麼人會用懷疑的眼光看待了。

但這種偏見不可能根除，也不可能絕跡。而且在學校這種環境下，這個偏見絕對不可能消失殆盡。

畢竟學校的人來自四面八方。據冰川老師所言，「長大後交際圈會慢慢穩定下來」這種事雖然常見，但相較之下，學校有更多各式各樣的人。儘管從國中升上高中後，我覺得同性質的人似乎變多了……但我還是沒交到朋友。

所以，我明白夏希為何會有這種想法。

「而且我又不是普通的阿宅。在阿宅當中，創作者也算是異端中的異端。說白一點，就是很噁心吧。」

「不、不會啊，我覺得沒這回事——」

冰川老師想交個宅宅男友

「還是會有這種人啊。但霧島你可能不是這樣吧。」

夏希打斷我說的話，用冷漠的口吻說道：

「性格也一樣。只是因為開朗的個性能被大家接受，我才會偽裝自己。啊，但我沒有特別勉強自己喔。感覺就像我的處世之道。霧島，你在父母和朋友面前也會有兩副面孔吧？」

「沒有像妳這麼分明就是了。」

該說是態度轉變嗎？感覺連人格都截然不同耶。

「有些女人在帥哥跟普男面前，個性也會一百八十度大轉變啊。」

「這可以混為一談嗎！」

「嗯～沒差吧？」

「算、算了……」

不過，如果要套用她剛才舉的例子，人的個性之所以驟變——是因為想討好對方吧。

既然如此，夏希想討好——想讓對方覺得自己確實活潑開朗的那個人，到底是誰呢？

這件事在我腦海中一閃而過。

一般來說，應該是朋友吧？但就算夏希如實表現出這種個性，應該也不會被討厭啊……

唉，真搞不懂。可能是我想多了吧。

「總之就是這樣。ＯＫ嗎，霧島？」

「我、我知道啦……」

「如果我的祕密曝光，我會盡其所能狠狠報復你。」

「妳想對我做什麼啊！」

好恐怖！太恐怖了吧！

她不是在開玩笑，感覺真的會做出這種事耶。我快被她嚇死了。

「好、好啦，我不說，絕對不會告訴任何人。再說，我身邊也沒有人可以說啊。」

「也是。霧島總是獨來獨往嘛。」

「要妳管。」

我反射性地回嘴。

接著，因為對某件事有些在意，於是我問：

「對了……夏希，妳不怕我吧？為什麼？」

雖然自己說這種話有點奇怪……不過真虧我問得出口。

畢竟我看起來凶神惡煞的嘛。

但夏希卻一副理所當然的表情。

「對啊。因為我早就知道霧島只是個普通宅男了。」

「咦？可、可是，前陣子妳不是還說『我之前誤會霧島』了嗎？」

「那是騙你的。」

夏希滿不在乎地說，並瞄了我一眼。

「起初讓我懷疑的契機，是看到你偶爾會在教室裡看輕小說。如果你真如傳言中那麼可怕，看輕小說這個行為跟你的形象也差太多了。以這個契機為基礎，又在同一間教室裡長達兩個月的時間……至少就能猜到你不是傳言中那種人了吧？」

「咦？可是我——」

「嗯，你看書時會包書套吧。所以從旁邊看確實很難發現……但我就看得出來。我稍微瞄一眼，就看到書上全是熟悉的文字。」

真的假的，這能力還滿厲害的嘛。

她到底看過幾本輕小說啊？

也對，既然是輕小說作家，當然會大量閱讀……嗎？

「總之就是這樣。」

說完，夏希轉身背對我。

接著，她用帶刺的視線瞥了我一眼，揮揮手又說：

「不准告訴任何人。否則我會用盡千方百計讓你陷入絕境。」

「好啦，我知道。」

我用力點點頭，在她面前咧嘴一笑。

「我是老師的粉絲，絕對不會做出對妳不利的事。包在我身上吧，赫爾布拉德老師。」

「你真的有搞清楚狀況嗎！我說過不准用那個名字叫我了吧！」

夏希抱著原稿轉過身來，淚眼汪汪地發出怒吼。

——得知真相的隔一天。

「…………」

我從一大早就坐立難安，完全無法冷靜。

理由很單純。

因為、因為——同學其實是自己超喜歡的系列作作家耶？昨天因為剛發現這件事，腦子還沒跟上現實，但仔細想想，這可是件不得了的大事。難、難道只要開口要求，她就會幫我簽名？也能打聽到創作的幕後祕辛之類的？

上學路上，我一直想著這些事——

「啊，拓也哥。」

來到車水馬龍的大馬路上時，我遇見了木乃葉。

冰川老師想交個宅宅男友

「拓也哥，你身體好點了嗎？」

我跟木乃葉對上視線。不知為何，她似乎在擔心我。

我生病的那段期間應該沒跟木乃葉見面才對……她怎麼會知道？啊，但她好像有發現一些徵兆。

可是這句話聽起來，她的確是知道我病倒的事……啊，難道是從冰川老師那裡聽來的？我生病在家裡睡得不省人事時，她似乎還幫冰川老師開門。她一定是當時就知道這件事了吧。嗯，就是這樣。

「啊，我已經康復了。比起這個，木乃葉，謝謝妳了。聽說妳還幫冰川老師開門？」

「啊～這麼說來確實如此。真是的，當時冰川老師忽然出現，真的讓我嚇一大跳耶。難得我想去照顧拓也哥的說。」

「嗯？照顧？我生病這件事，不是冰川老師告訴妳的嗎？」

那不就是木乃葉透過某種門路，事前就知道我的身體狀況了嗎？

「啊？拓也哥，你在說什麼？這怎麼可能啊？我的確認得冰川老師的長相，也知道你們的關係，但我跟她沒有直接對話過耶。她怎麼可能把這件事告訴我嘛。」

「對、對啦，是這樣沒錯……」

「我猜拓也哥可能生病了，就用ＬＩＮＥ瘋狂傳訊息給你，結果你完全沒反應，我才覺得不太對勁。另外，我還聽到風聲，得知你身體狀況不太好。」

「風聲？」

哪個傢伙到處說我的事情啊？

「我有點擔心，才會去你家看看狀況。大概是這種感覺吧？」

「這、這樣啊……還是很感謝妳。妳平常總跟我耍嘴皮子，其實還是會擔心我嘛。」

「不，我不是在擔心你啊。」

居然不是喔。

我啞口無言地看著木乃葉，結果她用理所當然的口氣說：

「要是拓也哥就此一病不起，我就再也沒辦法使用那個舒適的房間了嘛。」

「原來妳是在擔心這個啊！」

「但要是我真的去你家，被你傳染的話就慘了。正當我猶豫不決的時候，冰川老師剛好出現，我就把這個任務交給她了☆」

「把任務交給她……」

「就算我再怎麼想盡快使用那個舒適的房間，要是自己的身體搞壞就本末導致了嘛。」

「妳從頭到尾的行動準則都以自我為基準耶，太好懂了吧。」

真像妳會做的事。

到頭來，妳之所以想來照顧我也都是為了自己嘛。

「那我今天可以去你家了嗎？最近期中考快到了，我在家裡滑個手機就會被媽媽臭罵一頓耶。」

「我之前不是說過了嗎？當然不行啊。」

「唔～去一下又沒關係～我也想喘口氣啊。」

「去別人家喘口氣吧。」

「……無論如何都不行嗎？」

「唔。」

木乃葉忽然變得沮喪萬分。

我知道她在演戲，但看到這種失落的表情……一股罪惡感便油然而生。雖然只是間接，但她好歹有替我擔心……我好像太壞心眼了。

結果我受思緒影響，轉向一旁咕噥著說：

「……畢竟我這陣子老是拒絕妳嘛。如果妳來的時間不會影響到我，倒是可──」

正要說出「倒是可以」這句話時，我頓時僵在原地。

呃、不不不！當然不行啊！

這麼說來，我最近太習慣所以忘了，但我現在跟冰川老師住在一起耶！這樣當然不能讓

第五章

她進家門啊！

以前我雖然順勢跟木乃葉坦白了和冰川老師交往的事——但我完全沒跟她提起這次的。

雖然不知道木乃葉會作何反應，不過我跟冰川老師住在一起的事，還是盡可能別讓外人知道才好。

糟、糟糕，我該怎麼辦！

我要怎麼收回這句失言啊！

正當我讓腦細胞全速運轉時，木乃葉的眼中閃過一道銳利的光芒。

「咦？倒是……怎麼樣？難道是ＯＫ的意思嗎？」

「不、不是！我說錯了！打從一開始，我的答案就是不行！」

「嘖，拓也哥真小氣……好奇怪喔～我還以為拓也哥會立刻上當呢。」

「果然都是裝出來的……」

「不過……」

這時，木乃葉忽然用懷疑的視線緊盯著我瞧。

「感覺你拚命在阻止我……拓也哥，你是不是有事瞞著我？」

驚！

「你這陣子好像怪怪的……拓也哥，你堅決不讓我去你家耶。」

「哪、哪有。我、我我我怎麼可能有事瞞著妳呢？喏，那個，妳好歹是個女孩子，實在不能讓妳看見我房間現在是什麼狀態。所以等我收拾完再說吧？好嗎？」

聽我這麼說，木乃葉頓時驚訝地眨了眨眼。

緊接著，她露出一抹小惡魔的笑容，盯著我的臉說：

「哦～我好歹是個女孩子啊。之前明明說沒把我當成異性看待……呵呵，拓也哥，你果然有意識到我是女孩子嘛。那個拓也哥居然會這樣啊～真是的，那你就直說嘛。拓也哥好可愛。」

我才沒把妳當成異性看待，小心我揍飛妳。

……要是能這樣嗆她的話，那該有多好啊。

唔……非常遺憾，我現在只能順著木乃葉的心情了。如果她起疑心跑來我家，我哪受得了啊。

「……其、其實就是這樣。我、我最近、開始意識到妳是女孩子了……所、所以妳要來的話，那個，我想在準備萬全的狀態下、迎接、妳……」

「呃，你為什麼要頂著一張苦瓜臉說話啊？這是你的真心話嗎？」

「當、當然是真心話啊！哇～木乃葉今天也很可愛呢～！」

「雖然覺得你的態度有點隨便……嗯～原來如此。拓也哥覺得我很可愛啊～都已經有這可愛的女朋友了，還對其他女生說這種話，拓也哥真是個渣男～」

可惡！那個眼神是怎樣啦！

不要笑眯眯地看著我！好像我真的覺得她很可愛似的！

然而，木乃葉的追擊還沒有結束。

木乃葉環視了周遭一圈後，或許是確認四下無人，便在我耳邊輕聲低喃：

「那個，就算拓也哥家裡很亂，我也不介意喔。而且，如果真的很亂，我可以幫你打掃呀。」

木乃葉似乎判斷我不讓她進家門的理由是「家裡很髒亂」。

唔……！這傢伙每次一碰到麻煩就想開溜，為什麼今天就這麼溫柔體貼啊！

既然如此，我就不能在乎形象了！

就算奮不顧身，我也要搬出藉口，別讓她靠近我家一步。

於是我帶著超級爽朗的笑容。

開口說道：

「哦，真的假的？那可以請妳幫我打掃嗎？我家現在有滿坑滿谷的色情漫畫，妳能接受嗎？」

「……唔哇，爛透了……你怎麼不去死一死啊？」

我跟木乃葉認識了這麼久——

還是第一次看到她這種滿是輕蔑的表情。

◇◇◇

幾十分鐘後。

我抵達了二年二班的教室。

因為我來得有點早，教室裡幾乎沒什麼人。配上這種難得的景象，我的情緒也莫名高漲起來。

我在書包裡準備了一本《魔法神話大戰》。

說不定有機會要到簽名。事先準備好也沒有損失。

我滿懷期待地走進學生寥寥無幾的教室，在自己的座位入座。

就在此時——

「啊！早啊，霧島！」

下一個踏進教室的人，就是跟平常一樣活潑開朗，跟我打招呼的夏希。

夏希對我露出了爽朗無比的笑容。

但也僅止於此。

夏希帶著笑容，發出「啪噠啪噠」的腳步聲走向自己的座位……彷彿昨天什麼也沒發生過。

咦？真奇怪……難、難道昨天那件事是我的幻覺嗎？

也是，不過……話雖如此，我確實也沒有百分百的把握。

畢竟……

「……我也很難相信夏希就是赫爾布拉德老師嘛。」

「…………」

抖。

在我喃喃自語時，跟我有段距離的夏希似乎渾身一震。

「…………赫爾布拉德？」

抖！

「瑪基娜．茵菲魯諾．赫爾布拉德？」

抖！抖抖！

「沒想到夏希就是赫爾——」

「喂，霧島～？」

冰川老師想交個宅宅男友

啪噠啪噠啪噠啪噠噠噠！

夏希忽然衝過來，整個人擋在我面前。

緊接著，她勾起一抹完美到令人作嘔的笑容。

「霧島，你前陣子說想找我討論畢業出路調查表吧？要不要現在來聊一聊？」

「呃，我哪有說過——」

「你很想聊吧？只有現在可以聊了。好，我們到人少的地方去吧。畢竟這種話題被別人聽見很丟臉嘛。」

「呃、不，我根本就沒有說過——」

「好啦好啦，跟我來一下，霧島。」

狂拽猛拉！

夏希扯住我的衣袖，把我帶到走廊上。

她把我帶到人煙稀少的校舍角落樓梯處後……

咚！

夏希面帶微笑，把我壓在牆上。

「你——是不是白痴啊！」

夏希才剛開口，臉上就爆出青筋，釋放出熊熊怒火。

「我昨天不是再三叮囑你不准說嗎！你為什麼還要一直喊那個名字！難道你想找我吵架嗎！我沒說錯吧？你就是在挑釁我！」

「啊，原來不是幻覺啊。」

「怎麼可能啊！為什麼會變成這樣！」

夏希大吼一聲，接著精疲力盡地垂下肩膀。

「唉……真是的，為什麼我一大早就得受這種鳥氣啊……」

「抱、抱歉，下次我也會小心一點。」

「……真的拜託你注意一點！否則我一定會讓你的人生劃下句點！我是真的不想被任何人發現！萬一被我爸知道，我就——」

「啊，後面有人。」

「哎喲，霧島～你忽然找我討論畢業後的出路，不快點告訴我，我怎麼會知道呢～難道你在煩惱要考哪間大學——呃，根本沒人啊！」

還會先接哏再吐嘈耶，真精采。

不過嚴格來說，可能跟這種吐嘈方式的定義有些偏離就是了。

夏希的臉頰不斷抽動，憤恨地咬牙切齒道：

「霧～～島～～你、真、的給我走著瞧喔。有朝一日，我肯定會親手了結你這傢伙的人生……！」

「呃，不是，剛才真的有人經過啊！那、那個，雖然只有一下下……」

「哈！我才不相信呢。你以為這種謊話騙得了我嗎？」

「我、我沒騙妳啊……妳、妳看，又有人過來了。」

「好好好，你就想用這種方式調侃我，以此為樂是吧？雖然我已經漸漸明白這個道理，但你就是這種人嘛。唉……這種低次元的謊話，我怎麼可能這麼輕易地一再上當……」

「……你、你們在那裡做什麼？」

「霧島，我們是永友對吧！」（註：「永遠都是朋友」的簡稱）

或許是太過驚慌了，夏希一把攬住我的肩膀，還用力地拍了幾下。

呃，「永友」是什麼意思啊？

是說，這個聲音……難道跟我們搭話的人是——

「冰、冰川老師！妳怎麼會在這裡！」

「我、我才想問你呢……你們兩個是怎麼了？難、難得看到你們湊在一起耶。」

冰川老師的臉頰不停抽動，呆站在走廊上。

或許是因為心生動搖，她手上的東西全都散落在地。

冰川老師彎下身子開始撿拾掉落物，但根本撿不起來。因為她的手不停發抖，重撿了一次又一次……她到底怎麼了？

對此，夏希繼續環著我的肩膀，硬是扯出一抹笑容。

「啊！冰川老師，早安！其實最近發生了一點事，讓我跟霧島的感情變得越來越好了！已經算得上是朋友了！對吧，霧島？」

「呃，哪有越來越好——」

「對吧！霧、島？」

怎麼辦？

總之先乖乖配合我——夏希身上釋放出巨大的壓迫感。

冰川老師小心翼翼地問：

「真、真的嗎，霧島同學……？」

「沒、沒錯……就是這樣，冰川老師。」

嗚嗚……我明明不想對冰川老師撒謊。

但已經說出口的謊言就收不回來了。刻意改口也很奇怪。

可是這種謊話騙得過冰川老師嗎？

我有點在意，並看了冰川老師一眼——

「是喔～～～～～～～～～～～～～～～～～～～～～～～～～～～」

雖然不知道是什麼原因，但冰川老師的心情變得有夠差！

咦？為什麼？冰川老師怎麼會這麼生氣啊！

「太好了，霧島同學。你終於交到朋友了。」

冰川老師全身上下都釋放出驚人的壓力。

感覺她現在能從眼睛射出冰屬性的光束。

「那我先走了。」

說完，冰川老師踩著「喀喀喀」的腳步聲，快步離開現場。

目送她離開後，夏希如釋重負地拍拍胸口。

「……呼，好險。勉強過關了。」

「不，真要說的話，應該出局了吧……」

「嗯？霧島，你說什麼？追根究柢，你覺得這是誰的錯呢？（微笑）」

「呃、沒有，沒什麼！」

嚇死人了！為什麼我身邊的女孩子都會用笑容施加壓力啊！

我一邊想著這些事——

但冰川老師離開之前，似乎不開心地鼓起了臉頰。這點還是讓我耿耿於懷。

冰川老師想交個宅宅男友

如我所料，這份擔憂化為了現實。

「霧島同學，我想請你幫個忙。能跟我去一下國文準備室嗎？」

過了幾十分鐘——班會結束後。

冰川老師像這樣親自點名，把我叫出教室。

話雖如此，我覺得她應該不是真的要我幫忙。

冰川老師說「有事找我」的時候，基本上都是想跟我單獨相處。

不過，如果冰川老師用教師模式的口吻說這種話，聽起來只像「小鬼，借一步說話」。

冰川老師先行離開教室，而我跟在她後頭。

「霧島同學，請進。」

來到國文準備室後，冰川老師打開門，做出催促我進門的手勢。

在她的引導下，我走進準備室。

隨後，冰川老師在關門的同時開口。

「……………」

但那對粉嫩的嘴唇，卻沒發出任何有意義的聲音。

就只是不停地張開又闔上。我能感覺到她想說些什麼，但每次一開口，她又會露出猶豫的神情，最後一句話也沒說。

「……那個，冰川老師，有什麼事嗎？」

就算我提出疑問，冰川老師卻只是把臉別向一旁。

到底怎麼回事？

要說有什麼頭緒的話，應該是剛才夏希那件事。可是……咦？這件事有嚴重到需要把我叫出來嗎？可是以時間點來考量，又只有這個可能性……

雖然不能肯定，不過我才剛這麼想──

過了一會兒，冰川老師依然不看著我，低聲呢喃：

「那個……霧、霧島同學，你跟夏希同學是什麼關係？」

「咦？」

「那、那個，我是站在老師的立場，只是身為老師而有點在意。就是……我想知道霧島同學跟夏希同學是什麼關係。」

冰川老師一說完，就直盯著我看。

那雙眼裡閃爍著惶惶不安的光芒。

冰川老師想交個宅宅男友

……該、該不會是我想的那樣吧？難道她誤會我跟夏希的關係……所以嫉妒了嗎？

真是這樣的話，我就得馬上解開這個誤會才行。

我急忙說道：

「呃、那個，冰川老師？就是……如果妳誤會了我跟夏希的關係，那妳搞錯了。我跟她一點關係也沒有。」

「……是、是嗎？可是夏希同學說，她跟你感情很好……」

「啊，不，那是……」

糟糕！我不小心說出實話了！

可是，就算現在說「其實是騙妳的」也很奇怪……可惡，我該怎麼辦？

沒辦法，我只好繼續轉移焦點。

「那是……那傢伙隨便說說的啦。我們雖然是朋友，但還沒要好到那種地步。」

「嗯？這是什麼意思……？」

「總、總而言之！我跟那傢伙一點關係也沒有！證據就是，如果冰川老師阻止我，我就會跟夏希保持距離，要多遠離多遠！」

「呃、不不不！沒、沒有！我想說的不是這些！」

我給出這個提議後，冰川老師就驚慌失措地不停揮手。

「再、再說，我也不想變成對男友的交友關係有意見的沉重女人……所、所以，我真的沒有這個意思。」

「那個……我想說的是，交到朋友是一件好事。」

冰川老師露出溫和的笑容，宛如輕聲囁嚅般這麼說道。

「所、所以，那個……站在我的立場，反而希望你跟夏希同學能變得更要好。」

「咦？希望我跟夏希……變得更要好？」

聽到這意想不到的答案，我開口反問，冰川老師便點了點頭。

「嗯，是啊。因為……這是你難得交到的朋友吧？」

呃，真的不是。除此之外，我甚至還被威脅。

我雖然很想告訴冰川老師，但想當然耳沒說出口。

看到我難以言喻的表情，冰川老師柔柔地笑了。

「那我希望你們好好相處。我認為高中生活中，和朋友一起玩的經驗是無可取代的。」

「冰川、老師……」

「而且，發現霧島同學完全沒有朋友之後，我就一直很擔心你。雖然前陣子我說了目標之類的話，可是……我希望你能好好珍惜朋友。所以你不用顧慮我的心情，還跟她刻意保持距離喔。不、不過，我確實覺得你們走得有點近，舉止也太過親暱了點……可、可是，這種程度應該是理所當然的吧……」

「什麼？」

「沒、沒事！總、總而言之！就算你跟夏希同學變得很要好，我也不會生氣。」

說完這些話，冰川老師露出了溫柔的微笑。

「——因為我是你的老師嘛。你就好好享受跟朋友相處的時光吧。」

「好，我知道了。」

我跟夏希的關係，現階段可能還稱不上友情。

但我或許該像這樣好好拓展交友關係。

我乖乖點頭同意冰川老師說的話，沒有一絲懷疑。

或許是因為如此……

「…………」

雖然冰川老師在最後那一瞬間露出了難過的表情，但我以為是自己的錯覺，馬上就拋諸腦後了。

【距離期中考結束，還有十六天】

第六章

「喂，霧島。這週六陪我一下吧。」

「……………啊？」

得知夏希的祕密後又過了一陣子——某週五的放學後。

第五堂課結束後，夏希跟我說：「霧島！這麼說來，你之前說還想聊聊畢業後的出路是吧？你要問什麼？」又搬出這種子虛烏有的約定硬是把我拖出去。在那之後，她就說了開頭那句台詞。

「啊，你已經有約了嗎？那就算了。」

「呃，是沒有啦……」

「那就說定了。明天十一點在橫濱站相鐵線入口的派出所前集合。拜託你嘍。」

「等、等一下！妳要找我出去幹嘛！而且，為什麼是以我會答應為前提！」

「咦？怎麼了？你當然會來吧？」

「呃、不是，就算妳說得這麼篤定……」

說到底，我正在和冰川老師交往，所以當然不能赴約。

但我實在沒辦法對夏希坦承這一點。

話雖如此，即使我沒把名字說出來，但要是告訴她「我已經有女朋友了」，感覺就會露出馬腳……完、完蛋了，我該怎麼辦？

正當我陷入苦惱時，夏希用銳利的目光瞥了我一眼。

「先把話說在前頭，你無權拒絕喔。霧島，你知道自己握著誰的把柄嗎？至少可以讓我稍微任性一點吧？」

「不管怎麼想，這都不是被抓住把柄的人該說的話！」

而且，雖然她說我無權拒絕，卻還是有考量到我當天的行程。

她真的很體貼耶……應該吧。

「所以妳覺得這有強制力可言嗎？握著把柄的人是我才對耶。要是夏希想對我不利，我就會公開這個弱點——」

「可是，霧島你不會做這種事吧？」

「唔。」

聽到夏希這番理所當然的言論，我愣住了。

對，她說的沒錯。我絲毫沒有這種念頭。

「因為你好像是我的粉絲嘛。看起來也不像在說謊的樣子。所以，萬一這件事會讓我無法繼續創作，你應該就不會這麼做。但你這麼笨，搞不好會不小心說溜嘴呢。」

「喂。」

「不過，這對霧島來說的確無利可圖。不如這樣吧，只要你肯陪我，我就破例替你簽名。怎麼樣，霧島，你很想要吧？」

「咦？真、真的嗎！」

我的確很想要！

赫爾布拉德老師至今從未舉辦過簽名會……身為一名粉絲，當然很想要老師的簽名啊。

但考量到冰川老師，我果然還是不能——

「那就這樣吧。我要參加社團活動，先走一步了。」

「等、等一下！我還沒答應——」

「如果你突然有事不能來，再跟我聯絡吧！」

拋下這句話後，夏希就頭也不回地跑開，去參加社團活動了。

「……呃，我又不知道夏希的聯絡方式。」

幾分鐘後，我才後知後覺地想到這一點。

當初班級更動時，好像有創一個二年二班專用的ＬＩＮＥ群組，夏希覺得我當然也在群組名單內。可是……根本沒人邀我啊。

「糟糕，這下子更束手無策了……」

無可奈何之下，我本來想在社團活動時間去找她，但他們今天不在操場上，似乎在其他地方練習。也就是說，到明天為止，我沒有任何聯繫夏希的方式。

「啊～怎麼辦才好……」

冰川老師說過，希望我和夏希變得更要好。

所以她應該不會徹底阻止這次的外出（？）……但或許是兩碼子事。我認為還是不能相提並論。

雖然是這樣，但我也沒勇氣爽約。呃，我記得自己打從一開始就沒有答應過她，嚴格來說應該不算爽約就是了。

可惡，我到底該如何是好？

這麼一來，就只能找個人商量了？

當自己想不出完美的解決方案時，通常都是視野變狹隘的緣故。

最好的辦法，就是找個專治這種疑難雜症，任何事都能找到折衷方法的天才商量一下。

冰川老師想交個宅宅男友

那個人絕對能給我一個最棒的答案！

所以——我馬上打電話給木乃葉！

『咦？只要給冰川老師一筆錢，請她原諒你不就好了？』

結果她給出一個超爛的答案。

咦，什麼……為什麼偏偏要扯到錢啊……？

再怎麼說都不會是這個答案吧？

聽我這麼一說，木乃葉有些不解。

『咦？可是大家都喜歡錢啊？拓也哥，你收到錢也會很開心吧？』

「應該會很開心啦！」

但感覺不太對啊！

在想得到的方案中，這應該是最爛的一種吧！

「再說，我要談的是『如何取消跟夏希的約定』，又不是『如何隱瞞冰川老師』。而、而且，既然要這麼做，至少要有點戲劇效果吧。營造出適當的氛圍後，傳達出自己真正的想法之類的。」

『有戲劇效果啊?比如「大人,請笑納」、「呵呵,你也壞透了呢」。』

「這跟我想像中的戲劇類型不一樣啊!」

『但不做到這種程度,一切就無從解決啊。拓也哥,難道你想用「自己的心情」這種無形的東西來解決嗎?』

「唔……」

被她這麼一說,我的心好痛,實在太痛苦了。

因為我原本就想這麼做。

不、不行嗎?我覺得這麼做比給錢好太多了,難道不行嗎?

『我先把話說在前頭,這種方法完全沒用。』

木乃葉在電話另一頭發出批評,彷彿看穿了我的思緒。

『聽好了,拓也哥。心情這種東西是不可測的。只有在電影或動畫的世界中,才能成功傳達出自己的心情。』

「這倒是……」

『所以,要證明情感的重量還是只能靠送禮才行。否則無論你再怎麼掛念,都無法傳達這份情感有多濃烈。拓也哥,你都已經有女朋友了,還想跟其他女生單獨出門耶?如果沒有任何表示,就算被誤解成劈腿的前兆也怨不得人喔。對了,我絕不可能容忍這種事。』

冰川老師想交個宅宅男友

「那、那是……」

『可是！這個時候只要送上一筆錢，所有問題都能迎刃而解！這樣冰川老師應該也會原諒你！』

「真的假的！我只覺得情況會惡化耶！」

『至少對我來說，就算男朋友跟別的女生徹夜未歸，只要給我五萬，我就會原諒他。』

「這樣可以喔！只要給妳五萬就沒關係嗎！」

妳的心胸其實很寬大耶！

『就是這樣，拓也哥。動用鈔票的威力，把冰川老師暴打一頓吧！』

「說得太難聽了！我絕對不會幹這種事啦！」

我對著電話另一頭放聲大吼。

話雖如此……

「嗯。怎麼了，霧島同學？你從剛才就沒在讀書了耶……是不是身體不舒服？」

「沒、沒有，我沒事。」

入夜後的家中。

冰川老師正在和我進行一對一教學，不過……或許是我從剛才開始就一直鬼鬼祟祟的，才會讓她擔心吧。

可是……唔唔，一想到等一下的情景，我就心如刀割。

因為我最後還是採用了木乃葉的提議。

可惡——但我只能放手一搏了！

既然如此，就做好心理準備吧，霧島拓也！只要竭盡全力傳達自己的心情，她一定能諒解！

下定決心後，我便挺直背脊，端正坐姿。

「那、那個，冰川老師！」

「嗯？怎麼了，霧島同學？」

「其、其實，我有東西想送給冰川老師……請、請笑納！」

「這是、什麼？——呃、欸……啊！哇啊哇啊！這、這是我很喜歡的動畫藍光BOX嗎！還有，這個蛋糕是在車站前那間引起話題的蛋糕店買的吧！」

冰川老師就像在魔物獵人中偶然得到稀有素材似的，雙眼綴滿了閃耀的光芒。

「咦？怎、怎麼回事？今天不是我的生日耶！」

「那、那個……該說是答謝妳平日的付出嗎……」

冰川老師想交個宅宅男友

「什、什麼？答謝平日的付出……可、可是，我根本沒做什麼事，要讓你送我這些超棒的東西啊！」

「千萬別這麼說。冰川老師平常真的對我多方關照啊。」

唯有這份心情絕無虛假。

這次的K書集訓也是有勞冰川老師才得以進行。

「這、這樣啊。那我就心懷感激地收下嘍……嘿嘿嘿。」

冰川老師無比珍惜地將藍光ＢＯＸ緊緊擁入懷中，嘴角揚起一抹笑。

沒錯，我對冰川老師的感謝之情絕無虛假。

雖然千真萬確，可是……嗚嗚，看她這麼開心，我就充滿了罪惡感！後面那些話根本難以啟齒啊！

但我還是下定決心，小心翼翼地說：

「還、還有……呃，冰川老師我想跟妳談一談，應該說有求於妳啦……」

「咦？」

我心驚膽顫地揚起視線，冰川老師就立刻僵住身子。

隨後，她低頭看向抱在懷裡的藍光ＢＯＸ。

「這、這樣啊。也對。因為霧島同學忽然送禮物給我，我還嚇了一大跳呢……原、原來是這麼回事啊。」

「不、不對！我、我不是為了讓妳答應我的要求，才會送妳禮物的！呃，可能確實有這個意思在啦，可是——」

「可、可是，我只能借你三百萬喔。」

「妳以為我要拜託妳什麼事啊！」

三百萬！她居然說三百萬！

這不是高中生會開口要求的數目吧！

「咦，不是嗎？我還以為你有想要的抽卡角色，想找我借錢呢……」

「如果運氣差到要在一個角色上砸三百萬，那個人應該要戒掉那個遊戲了吧！他絕對不適合社群遊戲啦！要是他的收入異於常人，那還另當別論！」

「……………………………………………說、說得也是。」

「冰川老師？」

不會吧？難道冰川老師真的做過這種事嗎！

在一個角色上砸幾百萬，未免也太離譜了吧！咦？因為那個遊戲根本沒有保底系統啊！

難道她想拿到寶五嗎！

「咦？可、可是，那你是要跟我談什麼？能收到這麼棒的禮物，難道會是更可怕的要求嗎……？」

「不、不是啦！呃，雖然不知道可怕到什麼程度，不過……」

我這麼說。

我的情緒瞬間跌落谷底，戰戰兢兢地盯著冰川老師的臉說：

「那、那個……我不小心……跟夏希約了要……一起出門……」

「…………………………………………是喔～～～～～～」

隔了好長一段時間後。

冰川老師發出無法認同的聲音，瞇起雙眼看我。

那道視線跟教師模式的絕對零度眼神一模一樣。

之後冰川老師將臉別向一旁，微微鼓起臉頰。

「……霧島同學，你要跟夏希同學去約會啊。」

「哪、哪有！不、不可能是約會吧——」

「明明沒辦法跟我去外面約會……卻會和其他女生去啊。」

「唔。」

「霧、霧島同學，你果然覺得女高中生比較好吧。」

「『果然』是什麼意思啊！」

我扯開嗓子大吼，冰川老師的臉就變得有些羞紅。

「因、因為，我前陣子想借用你的電腦查資料，結果出現很多類似的搜尋紀錄。我、我當然會起疑心啊。」

「那、那是誤會！應該說，我只是稍微感興趣，有點在意而已！完全沒有這種念——」

「你搜尋了『女高中生　緊身運動短褲』耶？」

「唔。」

「那個……霧島同學，你喜歡緊身運動短褲嗎？」

「妳、妳誤會了！」

這真的是誤會啊！

動畫中不是經常出現穿著緊身運動短褲的女高中生嗎！可是我從來沒看過身邊的人穿，我就心想「這是什麼時代的產物呢？」，才會去調查的！真、真的只是這樣而已！

我低下頭說：「這是誤會。拜託妳相信我。」

結果冰川老師彷彿再也忍不住般，噗哧一聲笑了出來。

「……呵、呵呵。我、我是開玩笑的，霧島同學。放心，沒事啦。我都理解。」

「…………咦？」

我抬起頭，而冰川老師用手指抹去湧出眼角的淚水說：

冰川老師想交個宅宅男友

「我之前不是說過，希望你跟夏希同學好好相處嗎？所以你們要出門，我也不會放在心上。雖然確實會覺得『我跟霧島同學完全沒辦法在外面約會』，但我們是師生關係，這也沒辦法。所以你不必顧慮我的心情，好好去玩吧。」

「冰川老師……」

「可、可是，你要注意一下電腦的搜尋紀錄喔。那個……我看了也覺得很害羞。」

「是！以後我會更加小心！」

我用盡全力點頭。

見狀，冰川老師有點羞澀地補上一句：

「還、還有，有個搜尋紀錄讓我很在意……『老師　絲襪』是什麼？」

「是我錯了，求求妳饒了我吧！」

時間來到週六。

得到冰川老師的許可後，我站在橫濱站相鐵線入口的派出所前。

周遭有很多人跟我一樣正在等人。但另一方面，我身邊卻一個人也沒有。總覺得派出所裡的警察也在盯著我看……我看起來這麼像會犯罪的人嗎？

第六章

等了幾分鐘後。

「早啊，霧島。」

夏希喊了我一聲。感覺她沒什麼精神，跟在學校時截然不同。

一到會合地點，夏希就目不轉睛地看著我。

「嗯……算是及格吧。」

「及、及格是什麼意思？」

「你的服裝啊。如果你穿得太醜，我可不想走在你旁邊。」

「是妳約我的耶，居然還說這種話。」

不過，我的打扮可說是無可挑剔。

因為在出門前，冰川老師姑且有幫我打點一番。

但夏希也打扮得很可愛，的確有資格這麼說。

她一身褲裝，並在T恤外頭照了件針織罩衫。另外，或許是穿跟鞋的緣故，感覺她比平常高了一點。還有，雖然分不出是夾式還是針式耳環，但她也配戴了飾品。可能還有其他穿搭巧思，但我能看出來的就只有這些。

「對了，今天要去哪裡？」

我們從橫濱站搭乘電車，前往東京都內。

冰川老師想交個宅宅男友

我在途中提出這個問題後，夏希驚訝地歪頭問道：

「咦？我沒跟你說嗎？這、這樣你還真敢來赴約啊……」

「我也覺得！」

而且，妳為什麼有點退縮啊？

我好不容易才苦苦哀求冰川老師讓我出門……總覺得有點不服氣。

「算了，也不是什麼大不了的地方，別這麼拘謹。只是要去我家而已。」

「哦～去妳家啊。那確實沒什麼大不了……呃，什麼？」

她剛剛說什麼？

是、是我聽錯了吧？

但看到我的反應後，夏希有點傻眼。

「我說，只是要去我家而已。」

「居然沒聽錯！等一下！怎麼會變成這樣啊！」

「我、我有什麼辦法。如果我老實告訴你，你就不會來我家啊……可、可是，為了新系列作品，這是必要之舉嘛。所以才不得不請你來我家一趟。」

「我從剛才就完全聽不懂妳說的話！……呃，新系列？」

我沒錯過這個詞，開口詢問後，夏希就點點頭。

第六章

「對啊，新系列。我這次要出版新系列作品了。」
「真、真的嗎！赫爾布拉德老師的新系列！咦？什、什麼時候上市啊？」
「喂，霧島，我說過別用那個名字叫我！而且這裡是街上耶！」
「抱、抱歉，我太激動了。」
不過，赫爾布拉德老師居然要出新系列！
我怎麼可能不驚訝嘛！
「什麼時候上市啊……嗯，這應該可以說吧。上市時間應該會落在夏季中旬，我猜是八月份吧？」
「是、是喔～八月就可以讀到赫爾……瑪基娜老師的新系列了……咦？可是這樣的話，截稿日應該快到了吧……」
「哦～霧島，你的腦筋動得很快嘛。沒錯，基本上這個月就要截稿了。」
「什麼！這個月！」
這也太強人所難了吧？
雖然是這個月截稿，但也只剩下兩週左右喔。咦？就算我不是很懂，但真的寫得完嗎？
「這個月……沒問題嗎？還有期中考耶。」
「目前還算順利。而且我寫得很快，不用太擔心。可是問題出在……有些細節還沒確定，所以想請霧島幫忙看看原稿。我自己來看的話，也會越看越摸不著頭緒。」

「所以妳才叫我過來啊……」

夏希應該只跟我……坦承自己是輕小說作家吧。

她原本似乎想將自己是作家這件事隱瞞一輩子。

但這麼一來，我心中就浮現了幾個疑惑。

「可是，我看了也給不出專業的意見啊？而且這種事，應該要請編輯幫忙才對吧？」

「不用說出專業的意見。將普通的感想告訴我反而對我比較有幫助。這樣才更貼近讀者真實的聲音。」

「原、原來是這樣啊。」

「是啊。至於我嘛，因為稿子改了好幾次，就沒辦法用客觀的眼光來審稿。關於你提出的第二個疑問……其實責編回覆我的時間有點慢。畢竟他手上有好幾部人氣作品，像我這種新人，經常會被挪到後面去。」

說完，夏希就列舉了幾部作品。

全都是已經改編成動畫或漫畫的作品。理所當然地，每一部我都聽說過。

「雖然對此沒有任何不滿……但在時間不足的狀況下，還是希望有人能馬上替我看稿，我才想請你幫忙。所以你不要有奇怪的誤解喔。」

「我知道啦。」

「雖然不多，但我會支付酬勞。」

「真的假的！」

我嚇得瞪大雙眼，而夏希豎起幾根手指。

「差不多是這樣吧。單位當然是以『萬』來計。相對地，你也要認真看稿提出意見，不要有任何顧忌喔。」

「啊、啊啊……妳都說到這個地步了，我也會認真行事。」

但我不會真的收下這筆錢啦。

可以免費看到赫爾布拉德老師的原稿，還能拿到酬勞，未免也太奢侈了。

不過，這也表示夏希就是如此認真看待這件事吧。

「對了，最後我還想再問一件事……為什麼要去妳家啊？」

不能在其他地方看稿嗎？

我道出這個疑問後，夏希的臉頰就泛起一抹紅暈。

隨後，她小聲咕噥道：

「因、因為，讓別人看到自己的原稿感覺很害羞嘛。所以，為了盡可能只讓你一個人看，才決定在家裡進行。」

「可是夏希，妳之前不是也把原稿帶到學校嗎？」

「那是因為校稿時間已經十萬火急了，才有這種特例。基本上，我不想在別人能看到的地方攤開我的紙本原稿。懂、懂了嗎？」

說完，夏希狠狠瞪了我一眼。

看到她的表情，我發現她心意已決——

「知道了，就照妳的意思去做。」

於是我也放棄了抵抗。

於是——

我跟夏希一同走在某個安靜的住宅區內。從橫濱站搭乘電車來到此處只需要十幾分鐘。

乍看之下，感覺是個高級住宅區。

能住在這種地方，表示夏希的家世不錯？

「這裡就是我家。」

從車站步行了十分鐘後。

我們抵達一間清幽閒適的獨棟民宅。

夏希打開家門的同時，瞥了我一眼並說道：

「啊，今天我爸媽都不在家。」

「咦？」

「這樣就不用太拘謹了，對吧？這樣也正合我意。」

夏希這麼說。後半段我實在聽不懂是什麼意思。

……等等。

爸媽不在家真的好嗎？這、這樣沒問題嗎？

如果對方父母在家，確實會有點尷尬。

雖然事到如今才出現這個疑慮，但我真的可以去女生家裡嗎？我的確得到了冰川老師的外出許可，但拜訪住家好像不太對耶……

可是我根本沒時間猶豫。

「霧島，你幹嘛呆站在門口？趕快進來啊。」

「啊、噢。」

我點了點頭……都已經來到這裡了，我只能踏進家門。

在夏希的催促下，我帶著超然的心情走進她家。

之後，夏希指著通往二樓的樓梯說：

冰川老師想交個宅宅男友

「霧島，你先上去二樓。二樓那間房就是我的房間。」

「喔，好……夏希，妳要做什麼？」

「我要準備一下再上去。你先進去吧。」

於是我聽從她的建議，先走上二樓。

我走進了門上掛著「陽菜」名牌的房間，可是……

「坐、坐立難安……」

我沒事可做，只能到處張望。

雖然我也去過冰川老師的房間……但跟那種感覺完全不一樣。

因為不管是從褒義或貶義的層面來看，冰川老師的房間就是個阿宅的房間。我當時雖然緊張，但相較之下，冷靜下來的時間也快得多。

與此相比，夏希的房間就徹底排除了「阿宅」這個要素。

感覺就是個普通女孩的房間。

不過，既然有同年級的朋友要來家裡玩，不曾公開宅女屬性的夏希當然會這麼做。可是……唔～還是有點不太對勁。應該可以用「排除得超級徹底」來形容吧。雖然這只是一種感覺，但房間裡甚至連一點點宅物都沒有，簡直就像是瞞著全家人——或是「瞞著家裡某個人自己是宅女的事實」。

第六章

這時。

「咦？哎呀哎呀哎呀？你是哪位？難道是陽菜的男朋友？」

有位漂亮的大姊姊雙眼閃閃發光地走進房間。

她全身洋溢著溫柔又親切的氣息。

我跟這名女性應該是初次見面。

但總覺得好像在哪裡看過她……啊，難道是夏希的姊姊嗎？這樣就說得通了。如果她是夏希的姊姊，就可以理解我為什麼覺得她很面熟了。剛才夏希雖然說爸媽不在家——卻沒有說姊姊不在家。這種說法挺機智的，不過這麼解讀似乎才對。

「呃，那個，我不是夏希同學的男朋友……該說是朋友嗎？啊，我叫做霧島。」

「霧島同學啊，我記住你了……但你不是她的男朋友啊，真令人意外。以前陽菜從來沒帶男孩子回家過呢。」

「咦？是、是嗎？」

「嗯。所以陽菜可能很喜歡你喔。」

呃，應該不是這樣。

我是被妳妹妹威脅了。

「不過，看到陽菜帶男孩子回家，我也很高興……而且你跟我老公長得很像呢。」

「是、是這樣啊？」

如果夏希（姊）的老公跟我長得很像，那他應該很辛苦吧……

她好像很興奮，說她老公的眼神也很恐怖之類的。

「啊，對了，霧島同學。要不要看陽菜國中的影片？」

「國、國中的影片嗎？咦？我可以看嗎？」

「放心啦。霧島同學跟我老公是同類，感覺值得信賴。而且陽菜超可愛呀，你看。」

說完，夏希姊姊就把手機轉向我。

螢幕上立刻出現比現在還要年幼的夏希。

可是她的打扮卻非比尋常。一身鮮紅洋裝、眼罩、紅如烈焰的彩色隱形眼鏡、手臂上還纏著繃帶等等……怎麼說呢，這身裝扮看起來就像同花順一樣屬性十足。

影片中的夏希擺出裝模作樣的姿勢，臉上帶著無畏的笑容，用幾乎連樓下都能聽見的巨大音量說道：

『……哼。我的名字是「紅血劫火姬（布拉德・茵菲魯諾・桑恩）」。雖然檯面上尚無人知曉，其實私底下眾人都稱我為「送葬者（Under taker）」。平時我可不會像這樣承接委託，不過既然你獻上了供品，我也不會毫無表示——』

「嗚哇啊啊啊啊啊啊啊啊啊啊啊啊啊啊啊啊啊啊啊啊啊啊啊啊啊啊啊啊啊啊啊啊啊啊

啊啊啊啊啊啊啊啊啊啊啊啊啊啊啊啊啊啊啊啊啊啊啊啊啊啊啊啊啊啊啊啊啊啊啊啊啊啊！」

就在此時。

夏希驚聲尖叫，三步併作兩步衝上樓梯。

見狀，夏希（姊）微笑著說：

「啊，陽菜。我正在讓霧島同學欣賞妳模仿茵菲魯諾這個人的影片呢。」

「妳在幹嘛妳在幹嘛妳在幹嘛啦！還有，茵菲魯諾不是一個人！我已經說過好幾次了，茵菲魯諾．桑恩是一個名號！意思是『業火的太陽』，不是人的名字！不對！媽媽，妳怎麼回來了！」

「這是妳媽！」

咦？不會吧，真的假的！

這位年輕又貌美的大姊姊居然是媽媽！設定出錯了吧！

夏希（姊）——更正，夏希（母）帶著和藹可親的笑容，向我點頭致意。

「初次見面，我是陽菜的媽媽。請多指教。」

「啊，幸會。呃……我是霧島拓也。」

「這種寒暄就免了！對了，媽，妳今天不是要出門嗎！」

「其實行程已經取消了，我就回家嘍☆」

「『我就回家嘍☆』是怎樣啊！那妳就滾一邊去！」

「咦～可是我還沒讓霧島同學欣賞陽菜的所有可愛影片——」

「我叫妳！滾一邊去！算我求妳好不好！」

夏希拚命地推著媽媽的背，把她趕出房間後，用力地關上房門。

她不停發出「呼——呼——」的粗喘聲，彷彿要將怒氣排出體外。

接著，她轉頭看向我。

「我說霧島啊？」

嗓音十分柔和。

剛才明明還氣勢洶洶地大吼大叫，現在卻露出了溫和至極的笑容。

「霧島……你不會說出去吧？」

她的笑容完美無瑕，卻隱含異常的壓力。

雖然沒有明講，但我大概能猜到她在問什麼。

儘管沒有義務替她隱瞞，但我知道，每個人都有不想被別人發現的祕密。

所以，我面帶微笑地說：

「嗯，我知道。我當然不會對任何人提起這件事，茵菲魯諾小姐。」

「你根本就沒搞懂吧！」

夏希淚眼汪汪地大吼。

「……對了，妳為什麼要取這個筆名？」

幾分鐘後，夏希終於冷靜下來了。

我開口一問，夏希就揚起一抹燦爛的笑容。

「咦？怎麼了，霧島～？你又想重提剛剛那件事嗎～？我可以讓你沒辦法在社會上立足喔～？」

嚇死人了！這傢伙笑瞇瞇地在說些什麼啊！

不過，感覺夏希真的會做出這種事，這一點讓我覺得更恐怖。

「呃，不是啦！筆名不都是這種感覺嗎？所以我才有點在意。」

「……霧島，不管怎麼樣，你就是想跟我提這件事啊。」

「咿！」

夏希咬牙切齒，全身抖個不停。

她的表情因氣憤而扭曲，變得火冒三丈。

「霧島！你給我聽好！我根本就不想用這個筆名！」

「可、可是，夏希妳不是用這個筆名參加了比賽嗎？」

「不，我根本沒有參加。我隨意將作品放上網路後，媽媽就擅自替我報名，結果無意間得獎了。」

「什麼跟什麼啊。感覺很像陪朋友去試鏡，結果不小心被選上的經驗談耶。」

原、原來還有這種事……

不過，既然是那個不按牌理出牌的媽媽搞的鬼，她怎麼還能接受這個事實？

「當時媽媽就用奇怪的筆名報名了……還說什麼『我取的這個名字，感覺會出現在陽菜的文章裡面耶』！我才不會取這種俗到極點的筆名！才不會取『瑪基娜・茵菲魯諾・赫爾布拉德』這種毫無統一感的筆名！既然要取，也會統一用火焰系或紅色系的字詞！」

「結果根本和『茵菲魯諾小姐』沒什麼差別嘛。」

「不過，光是這樣我還能接受。」

夏希可能是太生氣了，雙手顫抖地說著。

「沒錯，光是這樣還有機會挽回。只要在新年聚會上，忍受用『這不是茵菲魯諾・赫爾布拉德老師嗎ｗｗｗ』這種話纏著我的同期作家就好了。可是、可是我的責編卻～～～～！」

「怎、怎麼了……？」

「『繼續用這個筆名吧。在這個輕小說市場飽和的時代，這種譁眾取寵的態度非常重要。這麼帥氣的筆名，改掉了多可惜啊……呵呵。』那個人居然笑嘻嘻地說這種話！」

「在妳的回想中他就已經笑出來了耶。」

在那個時間點就該發現自己被騙了吧。

「但妳卻相信了他的說辭。」

「……嗯、對啊，我相信了。」

這時，夏希缺乏自信地點頭，似乎認為自己也有錯。

「可、可是，你不覺得用那種方式騙我的行徑更惡劣嗎？喂，你也這麼認為吧？當時我才國三耶？」

「唔、嗯……」

我雖然覺得雙方都有錯……但這麼說一定會惹毛她吧。

「總、總之就是這樣。不要再讓我談這個話題了。」

說完，夏希就打開書桌抽屜，在裡面翻找了一會兒。

接著她拿出幾疊厚厚的紙本交到我手上。

「來，這是原稿。可以幫我看看嗎？」

「嗯，可以是可以……但數量這麼多，我應該沒辦法馬上看完喔。至少得給我幾小時的時間。」

「沒問題。我會等你看完。」

夏希低下頭。

「霧島，萬事拜託了。」

啪啦。喀噠喀噠。啪啦。喀噠喀噠。

房內迴盪著我翻看原稿的聲音，以及夏希敲打平板電腦鍵盤的聲音。

「呼……」

全部看完後，我輕輕嘆了口氣。

「怎、怎麼樣？」

見狀，夏希小心翼翼地問。

我開口回答：

「很好看。有種『不愧是赫爾布拉德老師』的感覺。」

「是、是嗎？這樣啊。」

夏希露出一抹淺笑。

她好像非常開心，被我用筆名稱呼都毫無反應。

「這次不是奇幻作品，而是青春戀愛喜劇呢。」

「嗯。沒錯，就是這樣。我們不是高中生嗎？所以只有現在才能寫出這種題材——我就想寫寫看這種普通的青春戀愛喜劇。」

「原來如此。所以才是這種平凡男高中生與女孩子相戀的故事。」

「嗯。比如跟鄰居女孩的日常對話等等。我想寫這種乍看不太起眼，卻能溫暖人心的小品故事。」

「這樣啊、這樣啊。果然沒錯。」

也就是說……她沒有意識到問題所在吧？

唔～該怎麼辦呢？

還以為作品中藏著我這種外行人看不懂的想法，但似乎沒有這回事。

她都叫我無所顧忌地提出意見了……沒辦法，我就盡量說說看吧。

「呃，該怎麼說呢？我這種外行人要評斷夏希這種專業人士，可能有些冒昧……但有個地方讓我挺疑惑的。」

「嗯？哪裡哪裡？我就想聽你說這種意見。霧島，請務必告訴我。」

夏希神情嚴肅地說道。

那我就不客氣了。

我指著原稿某處說：

「呃，關於這個部分。」

「啊～主角登場那一幕？有什麼問題嗎？」

「呃……這個主角的設定是平凡男高中生吧？他為什麼有**足以改變周遭認知的能力？**」

「啊～這個嘛。」

夏希的臉上寫著「真虧你能發現這一點」，得意洋洋地說：

「霧島，你在看輕小說的時候有沒有想過，為什麼主角的長相都莫名帥氣呢？在設定上明明沒有突顯出帥氣這一點啊？」

「我、我知道妳想說什麼啦……」

可是大部分的輕小說都是這樣啊？

「如果要寫符合現實的青春戀愛喜劇，就會想打破這種矛盾吧？所以我才試著給出了心目中的答案。結果就是這樣。」

「妳讓主角可以改變周遭的認知？所以看起來才像個帥哥嗎！」

「沒錯！主角的認知阻礙能力甚至可以騙過讀者的雙眼！不覺得這個設定超帥嗎？」

「感覺是很帥沒錯，但主角擁有認知阻礙能力的這一刻就已經不符合現實了！拜託妳注意一下好嗎！」

「想創作普通的青春戀愛喜劇」這個構想跑到哪裡去了！

「肯定連女主角都會被主角這個能力所騙吧……」

「這種情節太討人厭了吧！首先，女主角未免也太可憐了！」

「書名就叫《靠臉才能闖天下》。」

「這個世界太難混了吧！」

我大吼一聲，又指向其他地方。

「難道主角的好朋友會讀心術這一點也是……」

「沒錯！輕小說主角的好朋友大部分都是超強萬事通對吧？所以我才讓他擁有讀心術。既然能得到這麼多情報，要嘛是會讀心術，不然就是個超陰沉的跟蹤狂吧？」

「或許是這樣沒錯！」

這種事不能說出來啦！

該說是約定俗成的規則嗎？這應該是不能觸及的領域吧？

「……所以，這、這種故事果然很奇怪嗎？」

可能是從我的表情看出了端倪，夏希擔心地問。

見狀，我不禁有些心痛。

但我不能說謊。

不只是因為她事前要我毫無顧忌地提出意見。

因為夏希的表情十分嚴肅。

所以我才覺得，唯獨這種時候，絕對不能用謊言來搪塞。

我小心翼翼地揀選詞彙，傳達我的心情。

「真、真不好意思……我是覺得有點奇怪。啊，但我認為其他橋段很有趣喔。只是這個部分的確有點怪——」

「是嗎？謝謝你，霧島——那我把這些扔掉了。」

「咦？」

我沒聽懂這番話是什麼意思，抬起頭的那個瞬間。

啪唰唰唰！

夏希將原稿撕破後，隨手扔進垃圾桶。

「咦、咦？夏、夏希，妳在幹嘛！」

「我在幹嘛……只是把原稿丟掉而已啊？啊，但我有把檔案留著啦。」

「是、是嗎……但也用不著丟掉吧……」

感覺好可惜喔。

啊啊，赫爾布拉德老師珍貴的原稿……

「但如果不這麼做的話，就沒辦法踏出下一步。該怎麼說呢，這只是一種儀式啦。霧島，謝謝你幫我審稿。託你的福，我已經決定要全部重寫了。」

「咦？全、全部重寫嗎？沒剩多少時間了吧？」

「但我不能交出對自己妥協的作品。這種時候就該扔得一乾二淨，思路才會動得快。」

說完，夏希勾起一抹充滿挑戰的笑容。

「好，我又有幹勁了！下次我一定會寫出超精采的作品，讓你完全挑不出毛病！」

至少我覺得這樣的她——看起來非常帥氣。

◇◇◇

「啊～累死我了。結果我媽還是跑來攪局……霧島，你在學校裡真的不能說溜嘴喔。要是你敢……」

「我、我知道啦。絕對不會說出去。」

「真的嗎……？感覺你沒什麼可信度……」

日暮時分，我踏上了歸途。

夏希負責送我到附近的車站。

途中，夏希似乎預想到未來的光景，擺出一副苦瓜臉。

「……不過，要全部重寫的話，接下來真的該加把勁了。唔哇，好煩喔……」

「夏希，妳剛剛不是才說鼓起幹勁了嗎？」

「說是說了，但截稿日還是讓我很頭痛啊。」

「是這樣嗎？」

「嗯。可是這個月還有期中考……我也已經決定要考哪一所大學了，又不能輕易鬆懈……死定了，我到底該怎麼辦啊？」

夏希的眉毛皺成八字形，似乎傷透了腦筋。

見狀，我忽然對某件事有點好奇，便問道：

「夏希，妳的大學目標果然是文學系嗎？」

畢竟她是輕小說作家，應該就是這種類型的科系吧。

我帶著這種猜測提問——沒想到答案並非如此。

「嗯～我還在考慮。文學系是不錯，但其他科系也很棒啊。比如資訊工程系。」

「咦？資、資訊工程系？」

總覺得這個科系跟輕小說作家完全扯不上邊耶。

但夏希點了點頭。

「對啊。因為我缺乏這方面的知識，所以有點興趣。搞不好會變成創作科幻題材的靈感呢。我才覺得讀資訊工程系也不錯。」

「是喔……」

她選擇大學的方式跟我截然不同，令我不禁愣在原地。

我選擇大學的基準非常簡單明瞭。

就是能不能考上而已。

但夏希卻已經放眼到更遙遠的未來了。

而且還不是因為自己擅長這個領域，反而是因為缺乏知識才想去讀。

「霧島呢？你已經決定要考哪間大學了嗎？」

「我……」

其實——我已經決定了。

但我沒辦法像夏希那樣光明正大地說出口。

我硬是扯出一抹笑容，開口道：

「看現在的成績能去哪裡，我就去哪裡吧。我又不聰明。」

聽我這麼說，夏希只回了一句「這樣啊」。

◇
◇
◇

「霧島，再見。」

「嗯。」

車站的剪票口前。

在夏希的目送之下，我通過了剪票口。

正當我走向通往月台的電扶梯時——

「霧島。」

忽然有個聲音從身後喊住了我。

我回頭一看，發現夏希將泛起紅暈的臉轉向一旁。

「那個……今天很謝謝你。」

「在學校見吧。就這樣。掰掰。」

拋下這句話後，夏希便轉身，在夕陽下踏上了歸途。

在學校見吧。

這可能是這輩子第一次——聽到別人對我說這句話。

過去我從來沒有在校園生活中體會到樂趣，沒想到現在的感覺還不錯嘛。

◇◇◇

「唉～好累……」

入夜後，我回到住處。

跟夏希分開後，我懶洋洋地躺臥在沙發上。

我基本上算是居家型宅男，只是出去一會兒就渾身疲憊。

畢竟我平常只會去附近的書店。感覺一整天的外出值已經消耗完畢了。

所以，今天我已經精疲力盡。

「霧島同學，誰先洗澡呢？」

我往上一看，發現冰川老師歪著頭問我。

「我等等再洗……冰川老師，妳先洗吧。」

「嗯，好吧。霧島同學，你好像很累的樣子，我先放點自己喜歡的入浴劑喔？你不介意吧？」

「完全不會。」

「了解。那我要拿出珍藏的入浴劑。」

說完，冰川老師就哼著歌走進浴室了。

她看起來好像在刻意振作精神……冰川老師應該也很累吧。今天她好像一直窩在家裡拚命工作。

「……嗯，電話？這麼晚了會是誰啊？」

手機忽然斷斷續續地震動起來。

我依舊倒臥在沙發上，拿起手機一看，發現是木乃葉打來的。

那傢伙居然會打電話給我，真是難得。

我這麼心想並按了按螢幕，木乃葉的聲音就從電話裡傳了出來。

『啊，拓也哥，晚安～我媽請我帶幾句話給你，現在方便嗎？』

「哦哦，謝謝妳。春香阿姨要說什麼？」

對了，在此補充說明一下。春香阿姨是木乃葉的媽媽，也是房仲業者，負責管理我租借的這間房。

木乃葉在電話另一頭懶洋洋地說：

『我媽說契約有幾個地方需要更動，想跟你確認一下。她問你要跟平常一樣來事務所談，還是用郵件寄給你？』

「跟平常一樣去事務所談吧。反正也不是很遠。」

『好，知道了～那我就跟我媽這麼說～』

「好，麻煩妳了。」

這段對話一年會上演好幾次，通常都會像這樣馬上結束。

所以我才會放鬆戒心也說不定。

明明現在這個家裡——除了我之外，還有另一個絕對不能曝光的人在。

「吶～霧島同學！我現在準備要洗澡了……你覺得我要放玫瑰香味的入浴劑，還是柑橘香味的～？」

「咳咳咳咳咳咳咳咳咳咳咳咳咳！」

從浴室傳來的聲音讓我忍不住嗆到咳嗽。

冰、冰川老師～～～～～～！妳在浴室裡，應該不知道我正在講電話啦！但為什麼要選在這種時候問我啊！

冰川老師
想交個宅宅男友

果不其然，木乃葉疑惑地問：

『那個，我剛剛好像聽見了女人的聲音……還聽到洗澡這個詞。拓也哥，難道你家裡現在……』

「連、連續劇！應該是我正在看的連續劇的聲音吧！啊、啊哈哈哈哈哈哈！怎麼可能有女人在我家洗澡呢！」

『說得也是……嗯？可是剛剛那個人好像說了「霧島同學」……』

「怎、怎麼可能！妳在說什麼蠢話啊！那是妳的錯覺——」

「吶，霧島同學～？要選哪一種嘛～？吶吶，霧島同學有在聽嗎？喂～霧島同學～？」

「咳咳咳咳咳咳咳咳咳！！！」

冰、冰川老師～～～～～～～～～～～～～～～～～～～～～～～～～～～～～～～！

欸，妳是故意的吧！

其實妳全都聽見了，才故意這樣吧！

為什麼要挑在這種時候狂喊霧島同學啊！會被聽見啦！

『那個，感覺很奇怪耶……拓也哥也咳得很嚴重。』

「其、其實我還沒康復，而且還一直咳個不停。咳咳咳。看、看吧？不好意思，聽起來很不舒服吧。」

『這倒不會……』

木乃葉好像不太能接受這個說辭。

——糟糕糟糕糟糕，我要怎麼搪塞過去？正當我絞盡腦汁思考時，木乃葉用關切的嗓音說道：

『拓也哥，你的狀況還好吧？咳成這樣應該不太妙耶……』

「應、應該還好。我覺得明天——」

「吶，霧島同學～？你從剛剛就一直自言自語耶，沒事吧～？」

「——咳咳咳咳！就會好了，但感覺還是不太舒服！我猜會拖到明天吧！唔哇，快要期中考了，太慘了吧！」

冰川老師！拜託妳看一下氣氛好嗎！用咳嗽模糊焦點這招也有極限耶！

『哦，是嗎……』

另一方面，木乃葉低吟了一聲，似乎在思考。

怎、怎麼了？難道我的演技很可疑嗎……？所以她才陷入沉思嗎……？

正當我心驚膽顫時，木乃葉好像做出了某種決定，輕輕嘆了口氣。

『我知道了。拓也哥，總之你要注意保暖，好好休息。』

「哦，好……謝謝妳。」

冰川老師想交個宅宅男友

『那我掛電話嘍——「回頭見」。』

喀嚓。嘟——嘟——

通話結束後，我全身無力地將手機扔到桌上。

呼……總算瞞混過去了。她可能會起疑，但應該不會猜到冰川老師住在我家吧……應、應該吧。

不過，木乃葉的態度有點奇怪。

最後還說了「回頭見」。她平常根本不會說那種話……

算了，是我想太多了吧。

好，趁冰川老師洗澡的時候，我來看看動畫吧。自從住在一起後，我們基本上都會一起看，但我會盡量避開有點色色的動畫，所以得趁現在看才行。

於是我躺在沙發上觀看動畫。

看著看著，正好看完一集動畫時——

叮咚～

門外的對講機忽然響了。

嗯，是誰啊？都這麼晚了。是冰川老師在網路上訂了什麼嗎？

「來了～！馬上開門～！」

第六章

我用小跑步跑過走廊，來到玄關後打開大門。

看到眼前的那個人，我嚇得張大了嘴。

咦？為什麼——妳怎麼會在這裡？

站在玄關處的人……

居然是提著好幾個超市購物袋的木乃葉。

第七章

我打開玄關大門後，不知為何，木乃葉居然站在那裡。

時間已經很晚了。以前木乃葉從來沒有在這個時間來過我家……

「對不起，拓也哥，我來打擾嘍～」

「等、等一下等一下等一下！」

木乃葉一副理所當然地就要走進家門，我連忙用身體擠過去，擋住她的去路。

我慌張地問：

「咦？妳、妳怎麼會在這個時間過來？有事找我的話，就在這裡說吧。」

總、總之，冰川老師現在還在洗澡。

在這種狀況下，絕對不能讓木乃葉踏進我家。

我在玄關拚命想攔住木乃葉，卻引發了她的疑心。

「……怎麼了，拓也哥？我以前就常常不說一聲跑來你家啊……怎麼感覺你現在不太想讓我進去呢……」

「呃、那個，因為妳難得會在這麼晚的時間過來嘛！所以我才有點在意！而、而且，對了！我家現在有滿坑滿谷的色情漫畫，不能讓妳看到——」

「就算堆了將近一千本色情漫畫，我也不在乎啊？」

「拜託妳在乎一下好嗎！」

之前跟妳說這件事的時候，妳不是還用看螻蟻的眼神看我嗎！

為什麼忽然改變主張啊！

而且我怎麼可能有一千多本！

「因為拓也哥生病了，還咳得很嚴重啊？現在看起來好像好多了……但你一個人住在外面，總要有個人來照顧你比較好吧。在這種狀況下，哪還有閒工夫去在乎色情漫畫啊？」

咦？

難道……是這個原因嗎？

因為我剛剛在電話中不停咳嗽，木乃葉就來照顧我了嗎？

既然如此……

既然如此，這傢伙——

木乃葉將臉轉向一邊，尖酸刻薄地說：

「我、我先把話說清楚喔。我可不是自願要來的，是因為媽媽有交代，我才過來看看狀況——」

「妳真的是木乃葉嗎……？」

「這話什麼意思啊！」

狠瞪！

木乃葉瞪大雙眼，瘋狂抱怨道：

「當然是真的啊！是說，你怎麼會懷疑我是冒牌貨！以為我被調包了嗎！漫畫看太多了吧！」

「呃，就算沒有被調包，也可能是雙胞胎的圈套啊。其實妳是小櫻家的雙胞胎妹妹——紅葉，搞不好會有這種狀況啊。」

「才沒有呢。你是白痴啊？拜託別在我身上添加奇怪的設定。」

木乃葉說話的語氣相當不悅。

咦？那木乃葉真的是來照顧我的嗎……？

只因為春香阿姨要她過來？如果是平常的話，感覺她會若無其事地說出「咦，我才不要去，我不想被傳染」這種話。

「……雖然『是妳心血來潮』跟『冒牌貨』這兩個假說在我心中以九比一的形式拉鋸，但總之先相信妳的說辭吧。」

「哦～如果你相信我是本尊，那倒無所謂……但為什麼『冒牌貨』假說還占了一成？」

「啊，妳誤會了。『冒牌貨』是占九成喔。」

「結果你壓根兒就不相信我嘛！」

唔唔唔唔唔，感覺好像變成了放羊的孩子……木乃葉咕噥著這種莫名其妙的話。

不過，隨便找藉口掩蓋事實也會面臨極限。

得先爭取一點緩衝時間才行。

「吶，木乃葉？妳可以往後退個三步嗎？」

「啊？可以啊……一、二、三。好了，這樣可以嗎？」

喀鏘。

我關上玄關大門，還上了鎖。

「等、等一下，拓也哥！幹嘛突然關門啊！而且還上鎖！」

「掰掰，木乃葉，再見。」

「等、等等！為什麼忽然把我趕出來啊！」

木乃葉隔著玄關大門不停叫喚。

呼……但這樣就沒問題了吧？危機解除。

「那個……霧島同學，已經沒事了嗎？」

冰川老師偷偷從更衣室探出頭來。

她應該是聽見我跟木乃葉互喊的聲音，發現有不速之客才乖乖待著沒動吧。

這樣一來，就沒枉費我靠隨口瞎扯爭取到的時間了。

可是……

「冰、冰川老師，妳為什麼只圍著浴巾啊？」

「因、因為沒時間啊……那個，我希望你不要一直盯著我看。」

冰川老師雙頰酡紅，忸忸怩怩地遮掩被浴巾包裹的身體。

她身上還冒著熱氣，晶瑩剔透的白皙肌膚透出了些許殷紅。或許是因為她不想讓頭髮泡到熱水，將頭髮盤起的關係，平常不會顯露在外的美麗鎖骨莫名地吸引我的目光。

就在此時。

喀鏘。

不知為何，玄關處傳來了開門聲。

咦、咦？為、為什麼？我明明上鎖了——啊啊啊啊啊！對了，木乃葉那傢伙有我家的備用鑰匙！我怎麼沒把防盜鏈條也鎖上啊！

「怎、怎麼辦？霧、霧島同學？」

「總、總之我會想辦法趕走她！冰川老師，麻煩妳躲在更衣間裡！」

「嗯嗯！我知道了！」

我們飛快地商量對策。

跟冰川老師進行了最低限度的對話後，我們同時採取了最恰當的行動。

冰川老師躡手躡腳地躲進更衣間，而我把更衣間的門關上。

與此同時，木乃葉已經走進玄關，往我這裡看。

「真、真是的！拓也哥，你幹嘛把我趕出去啊！……咦？拓也哥，你為什麼貼在更衣間的門板上？裡面有什麼東西嗎？」

「呃，沒、沒有啊！妳在說什麼啊，怎麼可能會有東西呢！」

「幹嘛這麼慌張啊……？算了，我也不是很在意……」

說完，木乃葉就迅速地在玄關處脫了鞋走進來。

可惡，真糟糕，被她入侵了。雖然我剛剛說會把她趕走，但我該怎麼做呢……

而且問題還變得越來越複雜。

『……哦～原來是當時那位房東女兒來了啊……而且還喊他拓也哥，感情好像不錯嘛……他們是什麼關係啊？』

冰川老師想交個宅宅男友

為什麼更衣間莫名傳來了冰屬性的巨大壓力呢？

為什麼有種劈腿被當場抓包的感覺呢……我、我跟木乃葉根本不是那種可疑的關係，但從剛剛開始，我的冷汗就不停狂湧而出。

「呃，拓也哥？你現在滿頭大汗耶，沒事吧？剛剛看起來雖然沒什麼問題……但你的身體狀況還是不太好吧？」

「沒、沒這回事。如妳所見，我現在生龍活虎！也沒有發燒！」

「真的嗎？……讓我看看。」

木乃葉將手貼上我的額頭。

轟！從更衣間傳來的冰屬性壓力變強了！

「你看，盜汗的狀況比剛剛還嚴重……臉色也很蒼白。拓也哥，你該睡了吧？」

「話、話是沒錯，但妳誤會了！我、我現在真的好多了！」

好可怕好可怕好可怕！

冰川老師從更衣間的門縫緊盯著我看，嚇死人了！

這已經算是微驚悚了吧！我覺得比一般的驚悚片還要可怕！

得、得先解釋我跟木乃葉的關係才行！

我們之間是清白的——得告訴冰川老師說清楚，我跟她是經常鬥嘴、水火不容的關係！

否則這種劈腿現場的氣氛根本無法消弭！

「看吧，拓也哥的病還沒好。別繼續站在這裡了。」

「在那之前，有件事我想先弄清楚。妳跟我到底是什麼關係？我想聽妳親口說明白。」

「怎、怎麼這麼突然啊？居然抓著我的肩膀，眼神嚴肅地跟我說這種話……」

「這很重要！我只想把這件事弄清楚！妳老實說，平常對我是什麼感覺！」

「既、既然你都說到這個份上了，我、我是無所謂啦……」

不知為何，木乃葉忸忸怩怩地瞥了我一眼。

嗯，她怎麼了？想去尿尿嗎？

「廁所在那邊喔。」

「你怎麼不去死一死啊。」

她毫不留情地破口大罵。

但現在的我覺得相當感激。透過這番痛罵，就能衡量我跟木乃葉的心靈距離。看到這一幕，冰川老師應該不會覺得我跟木乃葉關係很好吧？

不愧是木乃葉！

不愧是我多年來的童年玩伴！

馬上就能滿足我的要求！

「非常感謝妳……！謝謝妳把我痛罵一頓……！」

「唔哇！好噁！拓也哥有夠噁心！現在是怎樣，你的被虐屬性覺醒了嗎？」

「不愧是木乃葉！沒錯，我們就是這種關係！」

「好恐怖好恐怖好恐怖！不只噁心，感覺還很可怕！拓也哥，你到底怎麼了！感冒把你的腦子搞壞了嗎！」

大概就是這樣。

被這樣痛罵一頓後，冰川老師就不會誤以為我們感情很好了。

「那你今天可以先回去了。謝謝妳，木乃葉。」

「幹嘛想順勢把我趕回家啊？我什麼都還沒做耶。而且你從剛才就一直形跡可疑，堅決不讓我走進客廳……拓也哥，你有什麼事瞞著我嗎？」

一驚！

「才、才沒有。我怎麼可能有事瞞著妳呢？」

「那你應該可以讓我進客廳吧？」

「啊，等一下！不要隨便進客廳！現在還亂七八糟的！」

我雖然拚命阻止，但在木乃葉面前也無能為力。

走進客廳後，眼尖的木乃葉就發現桌上擺了兩個杯子。

「……這是什麼？為什麼有兩個不同顏色的杯子？」

「這、這是我的啊。有、有不同顏色的杯子應該不算什麼吧？我只是碰巧買了兩個一樣的東西。」

「……是喔。那這個遊戲片又要怎麼解釋？有兩個一模一樣的呢。」

「那也是我的啊。有點類似劍版跟盾版，看似相同，其實內容不一樣。兩個版本都得收藏啊。」

「……是喔。那桌上那瓶化妝水呢？」

「也、也是我的啊。最近覺得肌膚有點乾燥。怎麼，不行嗎？」

「是可以啦……那桌子下面的那件胸罩又是怎麼回事？」

說完，木乃葉將掉在桌下的胸罩拿了起來。

我回答道：

「那也是我的東西。」

「拓也哥！你！你會穿這種尺寸大到可以塞進兩顆小西瓜的胸罩嗎！」

「最近覺得肌膚有點乾燥。怎麼，不行嗎？」

「這種思維太瘋狂了吧！當然不行啊！再怎麼說，這些謊話怎麼可能騙得了我啊！」

我知道啦！

冰川老師想交個宅宅男友

對啦，這種亂七八糟的謊話根本騙不了她！

還有，冰川老師！老師，妳在我家放太多東西了吧！拜託妳至少把胸罩收好行不行！

「……我一直覺得很可疑，但這下終於確定了。拓也哥，你把女人帶回家了吧？她現在是不是就在這個家裡？」

一驚！

「怎、怎麼可能。雖然不可能！可是木乃葉，假如我真的帶女人回家，妳想怎麼樣？」

「我沒興趣，根本不在乎啊。但我可能會跟我媽打小報告吧。」

「那我不就立刻陣亡了嗎！」

要是春香阿姨知道我跟冰川老師的關係，基本上就玩完了。

可惡，我該怎麼模糊焦點！

等一下我要如何掩飾自己沒有帶女人回家？

我陷入沉思。

如果要形容我現在的心情，沒錯，就像在一籌莫展的狀況下，努力思考如何起死回生的主角。

給我思考、思索、好好想想！這樣就能找到徹底翻盤的逆轉對策……！

我拿出前所未有的認真態度，拚命動腦思考——

結果……

「哈、哈啾！」

房內響起一個可愛的噴嚏聲，讓我的努力全都化為泡影。

「…………………………」

「…………………………」

「…………哈、哈啾！」

我跟木乃葉都沒有打噴嚏。這樣一來，就只剩下躲在更衣間的那個人了……她一定是洗完澡後著涼了吧。

「哈啾、哈啾、哈啾！」可愛的噴嚏聲接二連三地傳了過來。木乃葉將手輕輕搭上我的肩膀，開口說道：

「拓也哥，你還不肯放棄嗎？」

我放棄了。

冰川老師想交個宅宅男友

「……好久不見。在那之後就沒見過面了呢，冰川老師。」

客廳中。

我跟冰川老師坐在地毯上。另一方面，或許是因為木乃葉坐在沙發上，她勢必會由上往下地看著我們。為什麼會演變成這種場面啊？

我已經跟她說明一切的來龍去脈了。

然後，我們就隔著桌子面對面而坐。

聽到木乃葉這麼說，冰川老師回望了她一眼。

順帶一提，冰川老師現在的裝扮是半教師模式。服裝也選擇了有領襯衫這種看起來相當端莊的品項，還戴著平時那副黑框眼鏡。

冰川老師用教師模式的口氣回答：

「是啊……對了，妳是慶花高中一年級的小櫻同學吧？這麼晚了還跑到男生家裡，這樣不太恰當吧。感覺行為有點偏差呢。」

「不，住在學生家裡的老師有資格說我嗎？」

「唔。」

「妳的行為更偏差吧？對此妳有什麼看法呢，冰川老師？」

「那、那是……」

冰川老師驚慌失措地用眼神向我發出求救訊號。

那雙眼彷彿在說「怎麼辦？怎麼辦啦，霧島同學？」……我真厲害，居然可以從視線中讀出冰川老師的思緒了。但也可能單純是因為現在的狀況太好懂了。

「也對。知道拓也哥把女人帶回家時，我大概就猜到對方是誰了，但沒想到老師真的會跑來學生家裡耶。一般來說，會因為雙方正在交往，就來學生家裡留宿嗎？」

「唔……」

「喂，木乃葉。妳好像不太高興耶。」

「哪有。我怎麼會不高興呢？」

說完，木乃葉就把臉別到一旁。

一看就知道在鬧脾氣啊。莫名其妙。這件事到底有什麼因素會惹這傢伙不開心？

「……關我什麼事啊……我又沒有……」

「嗯？妳說什麼？」

「沒有啊。」

木乃葉氣呼呼地說。

我已經不知道她在想什麼了。

以前還會跟在我屁股後面，天真可愛地喊我「拓也哥哥、拓也哥哥」……她到底是什麼時候變成這樣的？

至於我身旁的冰川老師，此時已經面色鐵青，牙齒不停打顫。

「…………完、完蛋了……我、我會被開除……雖、雖然不後悔，可、可是以後該怎麼辦……還、還會被週刊文春盯上……」

喂，冰川老師？別把那麼危險的哏穿插其中好嗎？還有，我覺得妳真的多慮了。那些雜誌記者才不會盯上一個平凡無奇的老師。

看樣子，冰川老師雖然知道我把交往一事告訴了木乃葉，但依然覺得同居行為不能被她發現。

附帶一提，我之所以這麼冷靜，是因為我相信船到橋頭自然直。

雖然盡可能不想被木乃葉發現——但既然曝光了，那也無可奈何。

剛才木乃葉雖然說會告訴春香阿姨，但如果懇求她保密，她應該會照辦。畢竟爆出這件事對木乃葉來說沒什麼好處。

無論如何，木乃葉是個值得信賴的人。

她應該不會真的惹我生氣……大、大概吧。

但冰川老師對木乃葉的了解並不深。總之，得先解開這方面的誤解才行。

「喂，木乃葉。」

「……幹嘛，拓也哥？」

我喊了她一聲。她回答的時候還是一樣氣呼呼的。

接著我問道：

「妳不會把我們的事情說出去吧？」

「……是啊。就像我剛才說的，我一點興趣也沒有。把這件事告訴別人，對我也沒有任何好處。」

聽到她的回答，冰川老師如釋重負地嘆了口氣。

可是下一秒，木乃葉又瞄了冰川老師一眼。

「不過，其實這要看你們的表現如何啦～該怎麼辦才好呢？是你們的態度而定，我可能會不小心說溜嘴喲～」

表情壞透了！

我再重複一次，妳的表情壞透了！

我跟木乃葉認識很久了，知道她是在開玩笑，但其他人看到那個表情一定會當真。

果不其然，冰川老師的臉色更蒼白了。

「不、不管怎麼樣！只、只要在我的能力範圍內，我什麼都願意做！」

「冰川老師，妳怎麼也在胡說八道啊！」

這一瞬間徹底鞏固了上下關係。

她明明比木乃葉大好幾歲，還是個老師，卻在一名學生面前一副卑躬屈膝的樣子。

另一方面，木乃葉也依然故我。

「咦？都願意？妳真的什麼都願意做嗎？」

「到底是哪一點讓妳這麼起勁啊！」

「……沒、沒關係。真的無所謂，霧島同學。為了和你繼續交往，這些事我可以忍。就算像色情同人誌那樣，被一群惡煞包圍侵犯，我也能忍。」

「好沉重的覺悟！不用犧牲到那種地步啦！呃，冰川老師，妳會看那種同人誌喔！」

「啊，紗矢畫給我看的。是在跟霧島同學交往之後。」

「那個人到底在畫什麼啦！」

「啊，那種情節妳也能接受嗎？那我想看冰川老師的胸部。」

「妳在胡說什麼！」

「可是，不覺得冰川老師的胸部很驚人嗎？到底是幾罩杯啊？我身為同性也很好奇耶。拓也哥，你不好奇嗎？」

很好奇！

我一直都很好奇！

但還是有一條絕對不能跨越的界線啊！真受不了，從剛剛開始，老師跟木乃葉就一直在胡言亂語！

然而，冰川老師卻依舊面色鐵青，將顫抖的手伸向上衣。

「好、好吧。我、我脫就是了。只、只看上面就行了吧……？」

「等、等一下，冰川老師！不用脫衣服啦！那傢伙是跟妳鬧著玩的！」

「沒、沒關係。」

但冰川老師卻露出一抹堅強的微笑。

「——為了和霧島同學繼續交往，這不算什麼。我真的願意做任何事。」

「……什麼嘛。」

聽到冰川老師這句話後——

木乃葉有所反應，低聲咕噥：

「那不就…………嗎？」

聲音太小了，根本聽不清楚。

她將頭往下垂，看不出是什麼表情。

但根據經驗法則，我知道木乃葉的怒火燒得更旺盛了。

「真掃興，我要回家了。」

「咦？」

「冰川老師，對不起。拓也哥說得對，我本來……只是想跟妳開玩笑，但做得太過火了。真的很抱歉。」

「咦、什麼？我、我沒有放在心上……」

「謝謝妳。那我先告辭了。」

木乃葉低下頭去。

她這麼彬彬有禮的樣子對我來說還真新鮮。

我還愣著說不出話來，木乃葉就轉過身去，直接走向玄關了。

咦？怎、怎麼回事？她怎麼忽然這樣？

我急忙追到玄關，木乃葉卻不發一語。

她的腳往地面「咚咚」敲了幾下，把鞋子穿上。

接著她打開玄關大門，用嘀咕般的音量低喃道：

「……真是個好人。」

光是這樣，我就知道她在說誰了。

「是啊。跟我在一起……感覺有點可惜呢。」
「就是說啊。」
木乃葉簡短地應了一聲。
「……拓也哥，你最近好像很開心嘛。」
「有、有嗎？」
「對啊，比以前開心多了。」
「妳都這麼說了，應該就是這樣吧。」
聽到我的答覆後，木乃葉下意識地仰望夜空。
隨後，她帶著有些落寞的笑容說：
「往後——你可能就不需要我了吧。」
直到最後，我都沒開口問這句話有什麼含意。

◆◆◆

霧島同學跟小櫻同學走到玄關處，私下在聊些什麼。
見狀……我的心忽然隱隱作痛。

今天一整天都有這種感覺。

霧島同學跟夏希同學出門，我一個人待在家裡的時候。

還有霧島同學跟小櫻同學說話的時候。

光是看到他們和樂融融的樣子——或是想像那一幕，我的心臟就會緊緊揪在一起。

我知道這種感覺是什麼。

但我不想承認。

「因為身為一名老師，我應該為霧島同學和朋友和睦相處一事感到欣慰。總是獨來獨往的學生終於交到了朋友，我其實應該高舉雙手為他開心」。

本該如此，本來就該這樣才對。

我為什麼——

「……我是一名老師。」

我輕聲低語道。

沒錯。我是老師，是霧島同學的老師。

所以，我該壓抑這份醜陋的感情。

這才是一名老師正確的立場。

我強迫自己將這份感情掃到腦海中某個角落，重新將視線拉回前方。

冰川老師
想交個宅宅男友

◇　◇　◇

隔週。

期中考將至，只剩下一週多了。這一天，我一大早就前往慶花大學圖書館。

當然是為了準備期中考。

順帶一提，我從集訓開始就一直拚命苦讀，也順利地將冰川老師出的習題一一解完。

照這個步調繼續前進，應該能在千鈞一髮之際趕上期中考的進度。

雖然我沒辦法將高一課程徹底複習完畢。

但至少有好幾個科目能勉強趕上進度。

不過，都努力到這種程度了，我應該能達到兩百五十名這個目標吧。在我們學校裡，排名落在這個區段的人，有很大的原因都是以運動或社團為優先，只有忙碌之餘才會讀點書。

這麼說來……夏希也是再過一週左右就要截稿了吧？

也就是說，這週是我們的關鍵時刻。

「…………嗯？是夏希啊。真難得。」

來到慶花大學圖書館後，我看到夏希正在「喀噠喀噠」地操作平板電腦。

對了，之前夏希也是在慶花大學圖書館弄丟了原稿吧。

說不定因為某些原因不得不到學校工作時，她就會來大學圖書館寫作吧。

然而就在這個時候。

夏希開始狂按鍵盤上的某個按鍵，感覺非常焦躁，或是對輸入的文章不滿意。

我猜她按的是刪除鍵吧。

「早啊，夏希。」

裝作沒看到也很奇怪，所以我從後面喊了她一聲。

結果那一刻，我無意間看到了平板螢幕的畫面——

「……………咦？」

我頓時愣在原地。

呃，不對，不太可能吧？

因為她之前應該說過「進度很順利」啊。

可是——為什麼原稿一片空白呢？

檔案名稱中還加入了「version30」這行字。

原稿上卻一個字也沒寫。

儘管如此，期中考和截稿時間依舊在步步逼近。

【距離期中考結束，還有十天】

第八章

世界史老師的聲音響徹了整間教室。

可能是因為期中考將至，每個學生都在拚命抄筆記。畢竟現在是目前為止的課程總複習時間。有沒有把握這個機會將會大大左右考試的成績。

這時，我偷偷揚起視線環視教室一周，看到有個學生動筆的速度比任何人都要快。但我知道，她振筆疾書的原因並不是期中考。

……夏希真的沒問題嗎？

她現在一定是在筆記上撰寫原稿吧。

她把所有時間都拿來寫小說了。現在在夏希的腦海中，肯定不存在可能會被其他人發現的風險。因為她已經被逼上絕路了。她始終孤軍奮戰，就只為了寫出有趣的小說。

早上在圖書館偶遇時也是——

「……唉～霧島，被你發現了啊～」

我發現她的原稿一片空白時，夏希就像惡作劇被發現似的笑了起來。

「嗯，如你所見。因為這次的風格跟以往截然不同，我有點陷入苦戰。但別擔心，還有一週嘛。我之前應該跟你說過，我寫作的速度很快。目前還沒必要緊張，總會解決的。」

「……沒必要緊張嗎？」

怎麼可能。

那她的表情為什麼這麼難看？

現在也一副快吐出來的樣子。一看就知道她已經勉強自己好幾天了——為什麼還要這樣虛張聲勢？

但我也沒辦法說些什麼。

「這樣啊。」

我裝作沒發現，點了點頭後，在她旁邊的位子坐下。

畢竟我什麼都不懂。我從來沒創作過——從來沒有為了某件事投注熱情，甚至能用「嘔心瀝血」來形容的程度。

所以我什麼也說不出口。

「加油」、「我會拭目以待」這些話在我的腦海中閃瞬即逝。我猶豫著該不該說出這種淺薄的鼓勵，最後還是沒能說出口。

加油——像我這種根本不努力的人對早已付出全力的人說這種話，感覺非常失禮。

我會拭目以待——這句話應該會將她推入更可怕的絕境。

或許是我想太多了。

可是，我從來沒有為了某件事投注畢生心血，所以我不知道這種時候該說什麼話才能拉她一把。

「……………」

最後，我在她身邊默默地開始讀書。

儘管時間短暫，但至少我能做的，就只有陪在她身邊繼續努力。

第四堂課結束後，進入午休。

下一秒，夏希就抱著平板電腦和筆記本衝出教室。

平常午休時間會跟夏希聚在一起吃午餐的同學們都變得目瞪口呆。

但我知道夏希離開教室的原因。

是為了寫小說吧。

冰川老師想交個宅宅男友

她一定是為了把上課時寫下的內容，移轉到平板電腦裡……

「嗯？」

夏希離開教室時，只帶了平板電腦和筆記本。

簡單來說，我猜她應該沒打算吃午餐。若能分出時間吃飯，她應該想把那些時間都拿來小說吧。

身體都已經被壓榨到這個地步了，她還想更努力啊？

我下意識地環視教室一圈。

平常會跟夏希聚在一起的同學們也已經不管她，開始吃午餐了。

這也難怪。從他們的態度來看，除了我之外，夏希一定沒有把輕小說作家這件事告訴任何人。再說，她原本也不想被其他人發現。

也就是說。

——我想說的是，目前只有我知道她的狀況。

「…………」

既然如此，我當然要有點表示才行。

於是我起身走出教室，中途去了一趟福利社，之後就在校舍內到處走動。

我——雖然現在也沒好到哪裡去——高一的時候總是獨來獨往。

所以比起一般人，我更清楚哪些地方能獨處。夏希可能會去的地方，我也有點頭緒。

最後，我的預測成真了。

校舍角落有個通往頂樓的陰暗樓梯。

那個樓梯被封起來了，無法前往頂樓。

因此幾乎沒什麼人會靠近這種地方……而夏希就坐在這座樓梯上，瘋狂敲打平板電腦的鍵盤。

「嗨，夏希。」

「……………咦，霧島？」

夏希驚訝地抬起頭來。

再次細看後，才發現她的臉色非常難看。雖然靠化妝掩飾，但眼下依然有一層淡淡的黑眼圈。她應該長時間睡眠不足吧。

「你怎麼會在這裡……？」

「那個……」

糟糕……我該怎麼解釋？

我完全沒設想任何理由。

如果老實說「我是追著妳過來的」，感覺很噁心吧……雖然心有疑慮，但最後我還是想

冰川老師想交個宅宅男友

不出完美的藉口，只能直說。

「那個……我看妳好像沒帶午餐，就幫妳買過來了……」

「哎、哎喲，不用啦！真的沒關係！我又沒拜託你，而且我肚子根本不——」

咕嚕。

忽然傳出一陣可愛的聲響。

我傻眼地問道：

「妳的肚子……怎麼樣？」

「唔、唔唔唔唔……」

「別逞強了，趕緊吃吧。不是有句話說『人是鐵，飯是鋼』嗎？」

「少囉唆。我、我知道啦。喏，你不是幫我買來了嗎？還不趕快拿給我。」

夏希剛剛還一直死命否認，現在卻伸手跟我討東西吃了。

她整張臉漲得通紅，可能覺得很丟臉吧。

但她明明是在跟別人討食，態度也太差了吧？

不過我是出於自願，倒是無所謂啦。

「……………我要開動了。」

我將甜麵包遞給夏希後，她將甜麵包放在腿上，乖乖地闔起雙手這麼說。

第八章

她的臉還是很紅。

不過，她果然已經餓昏了吧。

合掌說完這句話後，夏希就用力扯開包裝。

「……唔、咕……」

「喂——別吃這麼快！拿、拿去，夏希，快喝水！」

「（咕嘟咕嘟）」

雖然眼眶含淚，感覺很難受的樣子，夏希還是拚命點頭表達感謝。

……但照這樣看來，她應該很久沒吃飯了吧。

在好奇心驅使下，我開口問：

「吶，夏希。妳上一次吃飯是什麼時候？」

「我想想，正好是我爸媽出去旅行之後，所以……大概兩天前吧？」

「太誇張了吧！」

那當然會餓肚子啊！

可是這段時間，夏希也不是一直都在偷懶玩樂吧。這兩天她一定都在寫小說，甚至廢寢忘食。

儘管如此，原稿還是一片空白。

「……進度這麼不順利嗎？」

回過神來，我已經拋出這個疑問了。

夏希放鬆地伸了個懶腰。

「唔～沒事啦。我之前也說過，截稿前通常都是這種感覺……這次可能是最難熬的一次吧，但每次都是這樣啦。」

「是、是嗎？」

「還有，霧島，謝謝你的水。喏，還你。」

「喔，好。」

我收下了夏希遞過來的寶特瓶……夏、夏希喝過這瓶水了吧？這、這樣不就變成間接接吻了嗎……

「嗯？霧島，你怎麼臉紅了……？啊。你該不會意識到間接接吻這件事了吧？」

「唔！」

「咦，真的假的？我猜對了？哦～沒想到你也落入俗套啦。」

「少、少囉嗦。」

不准嘻皮笑臉！

可惡，居然敢調侃我。她可能是想藉機報復平常受的委屈吧。

夏希笑嘻嘻地看著我說：

「是個不錯的題材呢。謝啦，霧島。」

「閉嘴。」

「唔～好，我也已經轉換好心情了，差不多該重新寫稿嘍。」

「是嗎？那我先回去了。」

「嗯。真的很礙事，給我滾遠一點。」

夏希揮手作勢驅趕。

我也已經習慣這種隨便的態度了。

於是我轉身背對她，準備離開現場。

緊接著……

「……那個，謝謝你替我擔心，霧島。」

我身後傳來一句越來越小聲的低語。

那是夏希的聲音。

我回頭一看，發現夏希仍坐在樓梯上，卻將臉別向一旁。她的臉頰泛起淡淡的紅暈。

「我想說的就是這些。」

「這樣啊。」

「先把話說清楚，我可是游刃有餘喔。所以你不必再擔心我了，放心吧。」

夏希的嘴角勾起一抹溫柔的笑。

我跟夏希的相處時間雖然不長，但還是看得出來她顯然在勉強自己裝出從容不迫的假象，還拚命告訴我她沒問題。

但她越這麼做，就越看得出她心中一點一滴滲出的痛苦。

「我知道了。」

對此，我還是只能假裝沒發現。

如果這時候，我能馬上提供協助就好了。

如果能說出貼心的話語，那該有多好。

可是我不像夏希，從來沒有對某件事付出全力——所以我也無法想像她有多辛苦。

也不知道該怎麼做才好。

「……不過，妳至少要好好吃飯喔。」

我只能說出這種理所當然的勸導。

放學後，窗外的天色逐漸陰暗下來——

我正在自家廚房準備晚餐。

話雖如此，也只是些能簡單上桌的菜色。最近我的家務技巧越來越好，進步的幅度甚至大於讀書進度。做家事的同時，我茫然地陷入了思考。

「……該怎麼做才好呢？」

我思考的當然是夏希的問題。

縱使知道我無能為力，這件事依然在我腦海中某處揮之不去。

我也知道馬上就要期中考了，根本沒空擔心別人……但這件事依舊縈繞在我的腦海。

這時……

「……我回來了～」

「妳、妳回來啦，冰川老師──呃，妳怎麼了？」

我到玄關處迎接回到家的冰川老師，結果她還穿著一身套裝就直接倒臥在地。她在玄關像毛毛蟲一樣不停扭動身子，感覺真的累壞了……我好像能理解冰川老師家裡為什麼如此髒亂了。

隨後……

「冰川老師，穿著套裝躺在地上，衣服會皺掉喔。」

「…………可是我動彈不得了……」

冰川老師想交個宅宅男友

「我先幫妳掛起來吧。來，冰川老師，把手舉高高～」

「……舉高高～」

冰川老師像孩子一樣，乖乖聽話舉起雙手。

我心想：「至少先將外套掛起來也好」，便脫下她的外套掛上衣架。結果冰川老師露出了五味雜陳的表情，小聲咕噥：

「……怎麼覺得跟你住在一起之後，我變得越來越廢了啊？」

「有嗎？」

「有啊。因為我一回到家，你就把晚餐跟洗澡水都準備好了嘛！為什麼是你在做啊！這些事應該全都交給我才對！」

「因為冰川老師很忙啊。」

住在一起後，我才發現——

老師這個工作簡直太辛苦了。

冰川老師沒跟我說過工作的細節，因此我對她的工作內容沒什麼概念。可是她總在忙著備課、處理各項事務，總而言之，感覺她每天都被工作給淹沒。

順帶一提，我只問過一次「妳都加班幾個小時？」，沒想到她的答案居然是「沒有」。雖然這麼說，她也不是都不用加班，而是因為根本沒有加班這個概念，所以無法計量的意思。雖然這方面要視學校而定，可是……未免也太可怕了吧。

不過，冰川老師沒有擔任任何社團的顧問工作，所以還算好吧。

因為這些原因，縱使集訓開始時冰川老師宣稱會包辦家務，但現在由我負責的事務卻越來越多了。

冰川老師似乎對現狀相當不滿，悶悶不樂地鼓起臉頰。

「確、確實很忙啦……但我不想以此為藉口。而、而且，我還撐得住啊。我全身還充滿活力呢。」

「請妳在可以起身、確實完成所有事的狀態下再來說這種話好嗎？」

「嗚嗚，霧島同學好壞喔……但還是很感謝你每天的辛勞……」

冰川老師雖然發出鬱悶的聲音，卻還是想辦法站起身子，入內更換家居服。

之後，我跟冰川老師圍著桌子吃晚餐。

可是吃飯期間，冰川老師明顯露出疲憊的神情。她想用筷子夾菜卻沒能成功，一直掉在盤子上。

「冰川老師，妳今天也很忙嗎？」

「……嗯。」

我有點在意地問道，冰川老師就點點頭，開始娓娓道來。

冰川老師想交個宅宅男友

「……今天啊，有學生家長大發雷霆……打電話來投訴。那個學生的班導碰巧因為有課不在辦公室，當時我剛好在場，就接了那通電話……那位家長從中途就重複著同樣的話題，我只能跟他解釋我也無能為力……結果講了兩小時，工作也被拖延，我才一直做到現在。」

「是、是喔……」

我以為老師的工作就是教課，或是擔任社團顧問進行各種安排而已……沒想到還要應付家長啊。

世界上應該還有更擅長應對的人才，但如果我這種人接到要講兩小時的電話，當天應該就什麼事都做不成了。

「那個……妳辛苦了，冰川老師。今天就早點睡吧，不必盯著我讀書了。還有，我能幫妳做些什麼嗎？」

「那你摸摸我的頭。」

「好，我知道……呃，咦？」

「我～說～摸摸我的頭。摸頭的時候還～要～說：妳很努力了，真了不起～」

「妳、妳怎麼突然這樣啊，冰川老師——喂，妳什麼時候喝酒了！」

這個人的酒量明明很差！我現在才發現，地上已經堆了好幾個空罐了！

冰川老師，妳什麼時候買的啊！

只見冰川老師滿臉通紅，氣呼呼地將臉轉向一旁。

「不喝醉就壯不了膽嘛。」

「但妳也喝太多了吧。喝成這樣會影響到明天工作喔。」

「嗚～」

「哀哀叫也沒用。」

啊啊，可惡，她好可愛！

雖然很想繼續順著她——但冰川老師明天還要上班。如果引發宿醉可就慘不忍睹了。

「好了，這些留到明天再喝。」

「嗚～霧島同學欺負人家～」

「別說那種話了。來，請給我酒。」

「好啦……可是，那你要摸摸我的頭啊？」

「咦？」

「摸了就給你。」

說完，冰川老師就立刻趴在桌上，把頭頂對著我。

什麼，我現在真的非摸不可嗎？

但冰川老師完全不打算把頭抬起來。

冰川老師想交個宅宅男友

唔……啊啊，知道了啦！

這是為了冰川老師吧！既然如此——我豁出去了！

下定決心後，我輕輕地將手掌放上冰川老師那頭亮麗的黑髮。

「冰川老師……呃，妳很努力了。真了不起。辛苦妳了。」

「………………呼……嘿嘿嘿。」

我溫柔地摸摸她的頭。

不過，黑髮毫無抵抗地穿過手指縫隙，蓬鬆的觸感令人有點心癢。一直默默地摸著她的頭髮，很像在觸犯某種不被允許的禁忌——咦，摸頭居然是這麼煽情的行為嗎？這樣沒問題嗎？

「謝謝你聽我訴苦，霧島同學。」

這時。

依舊趴在桌上的冰川老師，忽然咕噥一聲。

「雖然從剛才開始就老是展現出沒用的一面……可是跟你談過之後，我覺得輕鬆多了。謝謝你。」

「不，我也沒做什麼……只是聽妳說話而已。」

「這就夠了。因為我一直獨居在外，能和我商量、聽我吐苦水的人也只有紗矢而已，所以這樣就夠了。傷心難過的時候，光是有人願意傾聽、或聽別人說說話，就能放鬆許多。」

「……我也能為老師盡一份力嗎？」

「那當然。」

冰川老師微微抬起頭，露出了憨傻的微笑。

「——真的很謝謝你，霧島同學。託你的福，明天我應該又能好好工作了。」

說完這句話後——

冰川老師就直接睡著了。

……這個老師也真是的。總之得替她蓋上毛毯才行。

為了翻出毛毯，我走向櫥櫃。

可是……

「……我也能幫上老師的忙啊。」

我說出這句話，彷彿想再次確認。

儘管沒有任何特殊的經驗和技巧——我也能成為「大人」的助力。

如果找個人聊一聊就能輕鬆許多——我或許也能成為夏希的助力。

既然如此，我……

「……好。」

冰川老師想交個宅宅男友

我下定決心。

快速找出毛毯後，我靜靜地披在已發出熟睡氣息的冰川老師身上。

隨後，我撥了一通電話。

想當然耳，是打給夏希。

嘟嚕嚕、嘟嚕嚕——

電話聲緩緩地在我房裡響了又響。

這時，我的情緒——並沒有隨之高昂。

硬要說的話，我是對自己的決定感到惶恐而瑟瑟發抖。

仔細想想我正在做的這件事吧！

只因為「可能成為夏希的助力」就打給她？一般人會做這種事嗎？

當時我就算有種「非做不可！」的衝動，但還是仔細思考一下好嗎！搞不好人家根本不需要我呢！就算她出現「咦？這傢伙幹嘛打給我啊……？」這種疑惑，也不足為奇吧！

糟糕糟糕糟糕！已經來不及了。現在掛上電話也一定會留下來電紀錄，根本無從辯解！

唉，我到底為什麼要打電話給她啊！

因為之前不知道她的聯絡方式，碰上了一些麻煩，所以最近才交換了號碼，結果卻是個錯誤的決定。嗚嗚，如果還是不知道她的聯絡方式，就不會演變成這種狀況了……

正當我心生懊悔之際，電話接通了。

『……呃，喂？霧島？這麼晚了，你怎麼會打電話給我？我實在沒想到你會打來，所以嚇一大跳呢。』

「啊，夏希。不好意思，妳現在有空嗎？有點事想請教妳。」

『有沒有空……現在應該可以啦。我的進度有點卡關……霧島，你想問什麼？若在能回答的範圍內，我一定會告訴你。』

「呃，其實也沒什麼啦——夏希，妳覺得我為什麼要打給妳？」

『一般會問對方這種事嗎！』

夏希隔著話筒拚命吐嘈。

『你在耍我嗎？還是又在尋我開心？你也知道我現在沒時間跟你瞎扯吧。好了，有事就快點說。』

「唉……我說夏希啊。妳要是明白這一點，就不會說這種話了吧？」

『你的反應太奇怪了吧！為什麼非得把我當成不懂事的人啊！你果然是為了尋我開心才打來的吧！』

冰川老師想交個宅宅男友

「可能確實有點調侃的意圖啦……但又好像不太一樣。」

『呃，我不是在替你出意見耶，只是在抨擊你而已。』

「吶，夏希。應該有很多人會找妳商量煩惱吧。妳之前好像說過類似的話。」

『的確常常有人找我訴苦啦……』

「我為什麼會打給妳呢？不如一起來思考這個問題吧。」

『居然還有這種煩惱喔！……算、算了，我正好沒什麼靈感，也想找個人聊聊天，倒是無所謂啦……到底是為什麼呢？』

夏希雖然語帶抱怨，卻還是願意回應我的要求。

這種小細節真的能體現出她的溫柔。

或許她已經文思枯竭到要陪我瞎扯的地步了吧。

『所以，你為什麼想打電話給我？』

夏希彷彿要轉換話題般說了這句話後。

忽然用調侃的語氣對我說：

『難道你想聽我的聲音嗎？因為很晚了，所以有點寂寞？』

「呃，那倒不是。」

『不要立刻否認！這、這樣我很丟臉耶！』

「會有人自己說出『想聽我的聲音嗎』這種話嗎……」

『閉、閉嘴！別一副「妳在說什麼鬼話」的態度！說出口之後，我也覺得不可能啦！』

「妳到底在說什麼鬼話啊？」

『我不是叫你閉嘴嗎！』

夏希嘶吼道。

用難以名狀的聲音發出控訴後，夏希用沒什麼情緒的口吻說：

『那……難道說……你是因為擔心才會打過來嗎？』

「這……」

『我說的、沒錯吧？』

我猶豫著該如何回答。

但夏希似乎在這短短一瞬就看穿了我的想法，於是她開口：

『果然沒錯。你難得會打電話給我……但果然是這樣啊。』

「呃，不是，我——」

『但我還撐得住。』

夏希語調沉穩地如此堅稱。

這也代表她要溫柔地回絕我的好意。

『這種事不需要你來擔心。霧島，你之前已經幫了我不少忙，所以別把這些事放在心上。我不能再繼續給你添麻煩了。』

「我不覺得麻煩啊——」

『就是麻煩吧。這件事確實絆住了你的腳步。你最近似乎都在用功讀書，就是想好好準備期中考吧？還有閒工夫在我身上浪費時間嗎？』

「這……」

『所以你別擔心，集中精神面對自己的目標。這畢竟是我的問題，是我非得親手解決的問題。況且我們之間的距離感甚至算不上朋友，如果為了幫我而讓自己的努力付諸流水，也不是你樂見的結果吧？』

「不……不是這樣。」

當夏希用自虐的口吻說出這句話後。

我就語氣堅決地予以否定。

我跟夏希的確算不上朋友，也是最近才了解彼此的個性。

可是我——唯獨想先否定這一點。

「嗯，妳說的沒錯。我們之間的距離感確實很微妙，甚至不知道能不能稱之為友情。照理來說……若是這種關係，應該不會多管閒事才對。」

我緊緊抿住雙唇。

等一下我就要說出很羞恥的台詞了。雖然有自知之明，但我根本抑制不住這份洶湧潰堤的思緒。

「可是——儘管如此，就連這種程度的關係，也是我的第一次。夏希，妳可能是我升上高中後結交的第一個朋友。既然妳遇到困難，那就算我的努力會化為泡影——我當然還是想為妳做點什麼啊。既然我有能力，妳又是我的朋友，我當然會想幫妳一把。」

『霧、島……？』

「啊啊，我知道這些話很丟臉啦！妳一定聽不懂我在說什麼吧！既然臉都丟光了，我就乾脆全說出來吧！其實我真的超級尊敬妳！」

這是我一直藏在內心深處的祕密。

我像是被某種思緒推動一般，將這些話脫口而出。

「我當然不是一開始就對妳懷抱敬意。是說一知道妳是輕小說作家時，我太過驚訝，根本沒那個心情。在那之後，那個……老實說，我覺得很沮喪。」

『……這樣啊。』

「是啊。妳應該能想像吧？妳是班上的中心人物，運動神經又好。不僅如此，連成績都優秀——最後居然還是輕小說作家？所以，我總覺得很不公平。因為我——」

——因為我這個人一事無成。

我將這句話吞了回去。

隨後，我慢慢摸索腦中這道漫無目的的思緒，緩緩說道：

「總之，我非常沮喪，忍不住心想：我們的境界果然不同，世上真的有天賦異稟的人。」

『那是……』

「但是我錯了。」

我靜靜地開口：

「我錯了，我誤會了。或許夏希妳天賦異稟，卻也沒有因此而懈怠。光有一身才能，沒辦法變得像妳這麼厲害。因為這陣子我正面臨有些類似的情況，我才終於稍有體悟。要達成妳現在這麼優秀的境界，是多麼困難的一件事。」

我繼續說道：

「我之前可能說過『沒有想讀哪間大學』……但其實我已經有目標了。雖然以我的成績根本考不上，但我還是想去喜歡的女性讀過的大學。我想追上那名女性，和她並駕齊驅。」

我往客廳方向瞥了一眼。

她依舊趴在桌上，發出安穩的鼻息。

「所以我最近才開始認真面對學業……但真的很不容易。成績果然不是隨隨便便就能進步……我也遭遇了很多挫折。所以，我很尊敬朝著夢想不斷努力的夏希——不過，像妳這麼厲害的人還是會有碰壁的時候吧。」

說完，我腦中浮現出夏希在校內的模樣。

感覺在每個領域都有完美表現的人也會感到痛苦。

為了跨越難關，夏希可是拚盡全力地掙扎。

「夏希，妳一定會靠自己的力量度過難關，的確不需要他人的協助。可是，我想就近親眼見識。厲害的人雖然也會碰壁，卻能克服困難，變得更加優秀，完成更了不起的成就。如果我也能參與到這個過程，或許我就會覺得目前面臨的小小困難根本不算什麼。我心中的困境和絕望，可能也會煙消雲散。所以……」

我接著說。

好不容易才將想說的話說出口。

「——所以，瑪基娜．茵菲魯諾．赫爾布拉德老師。如果不嫌棄的話，讓我幫幫妳吧。讓我以一個朋友——一個尊敬妳的朋友的立場，助妳一臂之力。就算妳只想找我說說話或整理思緒都無所謂，儘管使喚我吧。」

啊，為了說這麼簡單的一句話，我居然用了這麼多笨拙的詞彙。

但我認為這是必要之舉。
因為過去的我連自己都看不清，也不曾下定決心。
可是，果然是這樣沒錯。
說出口後，我終於明白自己的心情了。
我還是——想追隨那名女性。
『我以前就覺得你很傻……霧島，其實你真的很笨吧。』
過了一會兒。
夏希用顫抖的嗓音回答。
『我說過好幾次，不准再用那個名字叫我。而且……我到底是哪一點看起來像這麼厲害的人？勸你最好去醫院好好檢查一下頭腦和眼睛。』
「有、有什麼辦法……在我看來就是如此啊。」
『就是如此？……霧島，我沒有你想像中那麼優秀，是你過獎了。因為我所做的一切根本算不上努力。跟真正努力的人相比實在微不足道。我也沒什麼才能可言。每次創作時雖然都很開心，有時候卻更覺得想哭。』
這是她的獨白。
是夏希陽菜這名少女懷抱的不安表現。

但她又馬上發出了調整呼吸的聲音。

夏希帶著懇求般的心情對我說：

『可是，儘管我這麼沒用——如果霧島願意的話，能不能請你聽我發點牢騷？老實說，這次的進度真的很慘。所以……可以請你幫幫我嗎？』

「嗯，包在我身上。」

我答應了她的請求。

「……但妳別抱太大期望喔。我剛剛說過我只能傾聽妳的煩惱而已。就如我之前所說，沒辦法提供專業的意見。」

『噗，什麼嘛。剛才不是還說得自信滿滿嗎？』

「少、少囉嗦！」

我、我剛才很拚命耶，這怎麼能怪我啊！

我口才不好，這點小事就饒了我吧。

『……不過，謝謝。這樣就夠了。而且……真要說的話，今天我想聽聽霧島的故事。』

「我、我的故事？這算取材嗎？」

『沒錯。我想問問霧島喜歡的人。』

「啥？我喜歡的人！」

冰川老師想交個宅宅男友

『奇怪，霧島，你沒有喜歡的人嗎？』

「這、這個嘛……有是有啦。」

不如說她現在就在我身後睡得香甜呢。

『那就跟我說說那個人吧。如同我先前所說，我正在寫高中生的青春戀愛喜劇……但感覺還是有點怪。最關鍵的戀愛心思，我好像越來越不清楚了……所以才想請教霧島的經驗。』

「既、既然如此，倒是無所謂……」

不過要談論喜歡的人，未免也太害羞了吧！

啊～可惡。但一開始是我起的頭，我也想助她一臂之力……

這樣的話——這點小事就非做不可了吧。

「好，包在我身上！我喜歡的人是吧！就來說個一整晚吧！」

『謝謝你……那先說說你跟那個二次元女孩的相遇吧。是在哪個平台認識的？難道是虛擬YOUTUBER嗎？』

「她是活生生的人好嗎？」

聊著聊著，我開始說起和冰川老師相識的往事。

沒錯，就是在書店前的那次相遇。

……我當然有努力掩飾，讓她聽不出我喜歡的人就是冰川老師。

◆ ◆ ◆

我趴在桌上裝睡，從頭到尾都豎起耳朵偷聽。

我剛才真的因為喝醉睡著了。

但我忽然醒來時，發現霧島同學正在和某人講電話。

雖然不知道他們在聊些什麼。

但我偷偷瞄了一眼，看到他聊得很開心。

……不僅如此，我還聽見他時不時說出「夏希」兩字。

於是，我大概能猜到霧島同學正在和誰通電話。

「…………」

內心忽然隱隱作痛。

但我假裝沒發現這份胸口傳來的痛楚。

因為我不能有這種心情。

冰川老師想交個宅宅男友

◇　◇　◇

就這樣，距離期中考的日子越來越近——

相較於以往，我跟夏希的關係確實也在慢慢改變。

我會用含糊的方式和她講述戀愛經驗，對話的次數也逐漸增加。

在那之後一直到期中考前，我過得十分忙碌。

在學校時，我跟夏希會在大學圖書館這種不顯眼的地方聊天，偶爾替她的小說出出意見。在家裡，我會跟冰川老師一起讀書。不僅如此，還會一起看動畫或玩遊戲，稍微喘口氣。

但這樣的日子裡，當然也會出現一些問題。

例如——

「課本三十頁到三十五頁也是期中考的範圍，請各位同學好好複習。」

物理老師在講台上這麼說。

與此同時，課程也告一段落——但我看到老師指定的頁數後，不禁愣在原地。

咦？這個範圍我聽都沒聽過耶！奇怪？這一段是什麼時候教的？我最近上課應該沒有打混摸魚啊。

……呃，啊啊啊啊啊！難道是我在家裡病倒那一天嗎！這麼說來，當時我是不是一直在家裡昏睡，缺席了整整一天？

慘了，這幾頁也該好好複習才行！

最糟的狀況下，這個範圍複習與否說不定會大大左右我的成績。

可、可是，我該怎麼辦？我沒辦法開口問同學，要不要直接問物理老師呢？但老師會答應學生這種要求嗎——

「霧島？」

就在此時。

有人忽然喊我一聲。我抬起頭，發現夏希站在我眼前。

周圍的同學們的視線頓時集中在我們身上，還開始竊竊私語。

這也難怪。

她是學年第一的美少女，而我則是公認學年第一的壞學生。這種組合實在太罕見了。

……不過，他們是不是吵得有點誇張啊？

簡直就像目擊了謠言屬實的瞬間……唔～真搞不懂。看來是在我不知情的狀況下，被傳了什麼奇怪的謠言吧。

「霧島，你怎麼了？」

「呃，那個，沒什麼……反倒是妳，夏希，找我什麼事？」

我壓低聲音說道。

畢竟我能感覺到周遭的人都在豎起耳朵偷聽。

我也能理解他們的心情啦。

因為夏希以前很少在教室裡主動跟我搭話，我自己也嚇了一跳。

見我有些納悶，夏希也壓低聲音，用平常的口吻說：

「嗯。也不是什麼大事啦……剛才不是公布了物理期中考的考試範圍嗎？仔細想想，老師教那幾頁的時候，霧島你不在教室裡——所以，那個……不嫌棄的話，你要不要當時的筆記？畢、畢竟你也幫了我不少忙嘛……」

「真、真的嗎！真的可以借我嗎，夏希！」

我甚至忘記自己還在教室裡，忍不住提高音量大吼一聲。

「謝謝妳，真的很感謝妳……！這樣期中考應該就不成問題了……！」

「嗯、嗯。看你這麼開心，我也覺得很高興……那、那個，霧島，大家都在看，不要做出太奇怪的反應，好不好？」

「那我以後可以叫妳瑪基娜大人嗎？」

「我先把話說清楚，你當然不能用那個名字叫我！」

夏希壓低音量拚命否絕。

……雖然我們之間發生過這個小插曲，但最後一週也是一眨眼就過去了。

終於到了最後一晚。

明天就是期中考了，我在家裡慌得坐立難安。

畢竟明天開始的期中考就會完全印證我過去的努力到底有沒有白費。我怎麼可能靜下心來安穩入睡啊。

「啊～怎麼辦？最後還是再確認一下英文單字好了。」

正當我喃喃自語時。

戳。

忽然有人戳了我的臉頰。

我往旁邊一看，發現冰川老師用傻眼的眼神看著我。

「不行喔。霧島同學，你今天已經認真K過書了吧？現在應該很累了，得趕緊休息。」

「可是——」

「不准反駁。好了，霧島同學，跟我一起玩遊戲吧？」

冰川老師坐上沙發後，拍了拍她身旁的位置。

被她這麼一說，我也不能無視她的建議繼續讀書了。

我茫然地看著冰川老師打開ＳＷＩＴＣＨ的電源，啟動大亂鬥。拿起手把時，我才發現自己好久沒有玩遊戲了。

我本來是想和冰川老師好好休息……

「霧島同學，你終於發現了嗎？你最近太拚命了。」

冰川老師彷彿看透了我的思緒般這麼說，柔柔一笑。

「這就是我存在的意義。所以，我希望你能好好記住這種感覺。如果沒有適度做點自己喜歡的事就會漸漸倦怠，最後一事無成……霧島同學，總之先打個三局，玩完就睡覺吧。」

「不，我可以再多玩幾局啊？」

「嗯。如果三局打完後你還不想睡的話，到時候再說吧。」

冰川老師露出守護般的溫暖笑容，對我這麼說。

老師在說什麼傻話啊。

現在才晚上十點，我才不會這麼早就想睡覺。

……我本來是這麼想的。

第八章

「……奇、奇怪？」

打完三局後，我的眼睛幾乎已經睜不開了。

眼皮好重，睡魔朝我伸出了魔爪。所以這三局我也玩得亂七八糟，被冰川老師打得落花流水。

「霧島同學，該睡了喔。」

「不、那個……我還、撐得住……呃。對、對不起。」

我累得東倒西歪，頓時全身無力地倒在冰川老師身上。

但冰川老師直接抱住我的頭。

「嗯，沒事，別放在心上……你可以直接睡在這裡呀。」

「不、不行。可是，這、這實在太……」

「沒關係、沒關係。」

我本來想用剩餘的力氣加以抵抗，但實在太睏了，根本束手無策。

冰川老師就這麼把我攬了過去，引導到她的大腿上。

這就是俗稱的腿枕吧？在這種狀態下，冰川老師摸摸我的頭。

「……冰、冰川老師。那個……這樣很害羞耶。」

「不害羞，一點也不害羞。來，放鬆肩膀。你很緊張嗎？」

「是啊……怎、怎麼可能不緊張嘛。」

話雖如此，但在冰川老師的撫摸下，我自然而然地放鬆全身。

起初，纖細手指撫過頭皮的感覺讓我心癢難耐，但力道增強後，睏意漸漸讓我分不清夢境與現實了。

「……難道你很害怕明天的期中考嗎？」

我開始打盹時，冰川老師輕聲問道。

「……為什麼……會有這種想法？」

「主要是直覺啦……因為你在最後一刻還想繼續奮戰啊。雖然你以前也會這樣，但今天看起來特別焦慮。」

「是嗎……可是，或許……妳說的沒錯。我自己也沒發現……但我可能很害怕吧。」

我的思緒停滯不前，完全無法思考。

所以，我順著心中的想法緩緩說道：

「我已經很久，沒有為了某個目標全力以赴了……所以我覺得，明天的考試結果……可能會將我過去的努力全盤否定。」

所以我才害怕。

雖然這番話對比我更拚命的人相當失禮——但全心投入社團活動的人應該就是這種感覺

吧。

就像在單一賽事或單一作品中，賭上「自己」的一切。

我目前的所作所為或許配不上「努力」一詞。

儘管如此，這種感覺還是讓我害怕得無以復加。

我不奢求完美的結果。但我希望至少有人能告訴我——過去這段時間並沒有白費，我確實有一步步往前走。

否則——我哪有辦法繼續拚下去？

可是……

「……得不到結果又何妨呢？」

冰川老師摸著我的頭緩緩道來。

「『結果』感覺比較像附加產物，怎麼能代表一切呢？重要的是你努力至今的過程。畢竟就算結果不如預期，在霧島同學心中也不可能毫無收穫，努力也不會白費呀。因為這些經驗一定會在往後的日子裡發揮作用。這場期中考並不是終點，所以沒必要對結果太過糾結。」

「說得也是……」

冰川老師在鼓勵我。

我當然明白。

但我也有我的想法。

只有經歷過一切的人，才能說出這種溫柔的話語。

她說得確實有理。總有一天，我也能說出這些話吧。只不過是期中考和大學學測而已。用人生的宏觀角度來看，我心中的忐忑當然顯得微不足道，不值一提。腦中雖然明白這點，可是——

「——我雖然想說說這種大道理，但在我還小的時候，聽到別人說這種話，也覺得一頭霧水。」

「……咦？」

見我瞪大雙眼，冰川老師的嘴角彎起一抹微笑。

「我當然知道能這樣想，也覺得這種想法很正確。我大致上贊成，也不打算否定。但我更想說的是——我希望你能更在乎這個結果。」

「在乎結果……？」

「嗯。雖然結果不能代表一切，卻沒有比結果更重要的事物了。因為只有結果才能體現出現在的狀況。假如結果不如預期，就表示某些環節出了差錯。是單純因為時間不足？方式錯誤？——還是其他方面有問題？要找出這些因素，你就得盡全力爭取結果，否則就沒有意義了。」

冰川老師微微一笑。

「所以，我才希望你能更在乎結果。如果失敗了，就拚命後悔，分析是哪個環節出了差錯後，再跟我一起好好努力吧。」

「因為我是你的老師，會一直在你身邊守護你——所以跟我一起挑戰吧，不管多少次都行。好嗎？」

「好的，冰川老師。」

我點了點頭。

回過神來，我發現剛才那份恐懼已經完全消失了。

冰川老師用哄孩子的語氣說道：

「所以，為了明天能全力以赴，今天就先睡吧。」

「……被妳這麼一說，感覺我好像乖乖掉進妳的詭辯圈套裡了。」

儘管我說了這些挖苦的話——

「晚安，霧島同學。」

冰川老師摸摸我的頭，我的意識似乎也被緩緩帶入夢鄉。

時間來到隔天。

期中考終於開始了。

【距離期中考結束，還有四天】

第九章

期中考結束了。

……別、別誤會，這不代表期中考期間沒發生什麼事喔。雖然並非完全沒事，但感覺好像一回過神就結束了。

正確來說，其實還沒結束就是了。

期中考會舉行四天，而今天是最後一天。

話雖如此，最後一天只要考一個科目。跟其他天相比沒那麼緊繃，感覺跟已經結束了沒兩樣。

我在一如往常的時間來到學校，前往自己的教室。

結果……

「…………？」

教室內瀰漫著不尋常的氣氛令我皺起眉頭。

只見夏希和班上最出風頭的那個小團體正面對峙。

他們之間並沒有劍拔弩張的緊張感。

但卻莫名有種——齒輪無法完美咬合的感覺。

我猜他們剛才有些爭執吧。

無論如何，應該跟我無關……咦，奇怪？

是、是我的錯覺嗎？怎麼大家都在看我？

咦？我、我做了什麼嗎？這陣子我應該很低調耶。

「總之就是這樣。謝謝你們的忠告～但是別擔心，完全沒這回事。」

夏希面帶笑容，對那群俊男美女集團這麼說。

看來這句話就算定案了。

夏希他們就此解散，各自回到座位上。

可是不知為何，班上同學依然時不時往我這裡看……唔，完全搞不懂。班上到底發生了什麼事？

「各位同學，請回座。」

冰川老師走進教室後，這種感覺總算消失了。但直到最後，我還是沒搞清楚狀況。

冰川老師想交個宅宅男友

◆
◆
◆

期中考結束了。

但老師的工作卻還沒告一段落。

因為要開始批改考卷了。教職員辦公室的每個老師都忙得不可開交，反而期中考期間還比較輕鬆。

尤其是我負責的國文科目還有問答題。

不能因為批卷者不同，就更改問答題的批改基準。

而且學生們還會寫出我們預想之外的答案。

除了要批改考卷，期中考結束後，還要忙著開一些小會議。

回過神來，夕陽早已西斜，從窗外灑落的光線也被染成橙色。

「……嗯，休息一下吧。」

我從早上就馬不停蹄地工作到現在。若沒有加入適度的休息，工作效率應該會變差。如此判斷後，我走出教職員辦公室，稍稍伸展身體，並在走廊上漫步。

今天的期中考第一堂課就考完了。或許是這個原因所致，大部分的社團活動在這個時間點都結束了。

隔著窗往外看去，很多學生都準備回家了。

我面露微笑地在窗邊看著這些學生，同時操作手機。

結果紗矢打了電話過來。她下週似乎要來橫濱辦事情，想在我家借住。

於是我回覆：「好啊。我八點左右會回家，在那之前妳就等一下吧。」

就在這時——

「…………咦？」

看到一對男女走進校舍的身影後，我蹙起了眉。

因為他們似乎是我認識的人。

「……霧島同學和……那是夏希同學嗎？」

兩人感情融洽走在一起的模樣讓我的胸口一陣刺痛。

◇　◇　◇

放學後。

傍晚時分空無一人的教室裡，我和夏希隔著桌子面對面而坐。

冰川老師想交個宅宅男友

這裡是窗邊的座位，可以俯瞰慶花高中的操場。夏希將前方座位的椅子轉過來，正對著我坐下。

她拿起罐裝果汁，嘴角微微揚起。

「來，霧島。期中考辛苦了，乾杯。」

「……我今天想早點回家耶。」

「慶祝一下無妨吧。要紀念我們努力的成果啊。」

經她這麼一說，或許是這樣沒錯。

可是K書集訓今天就結束了，為了感謝冰川老師，我本來想買點大餐回去，做點什麼大肆慶祝一番……

算了，這邊告一段落後應該還來得及吧。

「那就稍微慶祝一下吧。」

「嗯，收到──來乾杯吧。」

「乾杯。」

互道乾杯後，我們用罐裝果汁相碰。

我喝了一口果汁，然後拋出一直放在心上的問題。

「對了，赫爾布拉德老師。請問新作的進度如何？」

「不、不是說了別用那個名字叫我嗎！算了，跟你講再多次也沒用，我都快要放棄抵抗了……」

雖然表現得相當抗拒，夏希還是輕咳幾聲，把狀況告訴我。

「至於新作……託你的福，已經順利截稿了。在那之後我進行了一些微調……但責編說這樣應該就沒問題了。是說，如果還沒截稿，我怎麼可能在這裡跟你慶祝啊？」

「說得也是──總之恭喜妳。辛苦了，夏希。」

「謝謝。」

鏘。

我們再次用果汁罐乾杯。

我大口喝著果汁，順勢將浮現腦海的問題問出口。

「對了，夏希。」

「嗯？怎麼了，霧島？」

「早上教室裡的氣氛是不是怪怪的？發生什麼事了嗎？」

「啊～」

夏希低吟一聲，顯然是聯想到了什麼。

也對，這傢伙似乎就是起因嘛。

冰川老師想交個宅宅男友

我才這麼心想，夏希就瞄了我一眼。
「嗯～其實沒什麼啦。算是跟朋友起了點爭執吧，或是有些誤會。」
「是喔。」
「那、那個……是因為你的關係。」
「啥？我、我嗎？為什麼是我？這件事跟我無關吧？」
畢竟我跟那群人又沒有交集。
「朋友這麼說也是出於善意啦……但感覺不太好。」
「他們跟妳說了什麼？」
「勸我別跟霧島走得太近。」
「啊——」
我心領神會地喊了一聲，感覺整件事豁然開朗。
「因為霧島的風評不太好嘛。但我最近跟你走得很近，他們才勸我別老是跟你一起。」
「原來如此……」
「再說你以為大家覺得我們是朋友嗎？他們都在傳『聽說陽菜跟霧島已經交往了』。」
「啥！真的假的！」
「嗯，千真萬確。真受不了，這種離譜的謠言真的很好笑耶。傳言似乎演變成『我是在

第九章

霧島的脅迫下，才不得已跟他交往』。」

實際上完全相反吧。

被威脅的人是我才對。

不過真搞不懂。雖然我早有心理準備，跟夏希在一起就會傳出奇怪的謠言……沒想到居然是我威脅她和我交往。根本就是同人誌的構想吧。

「那……妳是怎麼回答他們的？當然是否認吧？」

「是啊。因為霧島在二次元有喜歡的人了嘛。」

「我已經說過她是活生生的人了。」

「咦？真的嗎？我覺得現實生活中根本不存在你說的那種可愛大姊姊耶。」

「我也有同感就是了。」

結果在夏希的認知中，我談論喜歡的人的內容全都是妄想啊。那我根本已經病入膏肓了吧。那個人不僅真的存在，還是我的女朋友……但我當然不能讓她親眼見識。

「可是我覺得……就算真的交往也無所謂。」

「什麼？」

夏希用幾乎聽不見的聲音咕噥了一句。

所以我才沒聽清楚——以為自己聽錯了。

畢竟夏希不可能說出「真的交往也無所謂」這種話。

可是夏希卻將臉別到一旁，不想和我對上視線。

她還轉而趴在桌上，將半張臉埋進雙臂之中。

從窗外灑落的橙色陽光將整間教室染成一片金黃。

或許是因為這樣，坐在窗邊的夏希臉頰好似也染上了一抹薄紅。

夏希抬眼偷偷瞥了我一眼。

「因為霧島是個好人，還知道我的祕密。跟你坦承在寫輕小說的事你也沒嚇到。而且……雖然你有點恐怖，但仔細一看其實長得還不錯。這段時間的相處也讓我覺得很開心。」

「……所以，我覺得真的交往也無所謂。那……霧島，你覺得呢？」

夏希的嗓音在顫抖。

仔細一看，我發現她的手也在微微震顫。

「我……」

我想盡辦法擠出聲音，卻沒辦法再多說一句話。

說到底，我甚至無法理解到底發生了什麼事。

但隨著時間走過，夏希那句話才終於慢慢滲透到我的身體各處。

如果不是我會錯意——我是被夏希告白了吧。

可是……我沒辦法答應她的告白。

夏希雖然會威脅我——但也是個好女孩。我很尊敬她，也覺得她十分優秀。就連外表都可愛得不得了。

但我已經有冰川老師這個女朋友了。我比世界上任何人都要愛她。

所以，即使會破壞這份友情，我也必須表達清楚。

我無意和夏希交往。

下定決心後，我用嚴肅的視線回望夏希，張開了嘴。

結果下一秒……

「——只是說說而已啦。啊哈哈哈，開玩笑的，霧島。想也知道不可能嘛。我怎麼會跟你告白呢？咦，難道你當真了？當真了嗎？誰教你平常老是欺負我，這算回敬你啦。如果讓你動了真心，那就不好意思嘍？」

「…………………………………………………………………啊？」

第九章

我定格了好一陣子才發出疑惑的聲音。

咦？開玩笑？剛剛那一連串告白的話只是在開玩笑嗎？

搞、搞什麼啊啊啊啊啊啊啊啊啊啊啊啊！不會吧！還有這樣的嗎！

這一點也不好笑耶！

夏希帶著壞心眼的笑容，看著我說道：

「哎呀～你的反應真的很讚耶。不好意思，把你騙得團團轉……但這是個超棒的取材經驗呢。下次我會心懷感激地用在作品當中。」

「夠了吧！這樣真的會讓我越來越不期待妳的作品！算我拜託妳，別用這種方式取材好不好！」

就是因為這樣！就是這樣我才討厭社交能力超強的陽光少女！

聽到那些話當然會當真啊！唔，唉～真的完全掉進她的圈套了……

對了。

「妳啊……如果我馬上答應，妳要怎麼辦？」

「到時候說不定真的可以跟你交往啊。」

「是是是，就算是玩笑話，我也感激不盡。我好歹也聽得出這是謊話啦。」

夏希露出淘氣的笑容，而我隨口敷衍了幾句。

唉～我忽然覺得好累。

我轉了轉僵硬了好幾分鐘的肩膀，無意間看向校舍走廊。

這個瞬間。

「唔！」

喀噠、噠噠！

走廊上傳來某人將東西掉在地上的聲音。

◆ ◆ ◆

「唔！」

被霧島同學發現了。

一思及此，我就沒辦法繼續待著，連忙拔腿就跑。

起初看到兩人往空無一人的教室走去，我就有種不祥的預感。

應該不會發生什麼事吧——雖然這麼心想，我還是好奇心作祟，偷偷跟在兩人身後追了過來。

之後就如我所見。

夏希同學跟霧島同學告白了。霧島同學露出猶豫的神情，但夏希同學說只是在開玩笑。
我知道霧島同學不會接受她的告白。
但光是看到兩人感情融洽的樣子，我就感覺到足以震盪全身的衝擊。
因為這才是原本該有的正常關係。
這種相處模式比師生戀正常多了。

與此同時——腦海中閃瞬即逝的這股想法，把我推進了自我厭惡的泥沼之中。

「……………我太差勁了。」
照理來說，我絕對不能有這種想法。
但這個想法卻在腦海中揮之不去——
「那、那個……冰川老師？」
一驚！
聽到身後傳來的那聲呼喊，我緩緩回過頭。
那是霧島同學。
他知道發出聲響的人是我，才會刻意從教室追上來吧。同時我也領悟到——他應該連我

冰川老師想交個宅宅男友

站在外面偷聽的事情都發現了。

「妳、妳聽我說，這是誤會。」

和我四目相交後，霧島同學慌張地這麼說。

「我跟夏希之間是清白的。因為我喜歡的人是——」

「嗯，我知道。」

我像是要打斷霧島同學的聲音般開口說道。

沒錯，我當然知道。

霧島同學深愛著我，我也對此深信不疑。

「對、對不起，我居然在外面偷聽……但我真的明白你們沒發生任何事。我知道你喜歡我，也知道你跟夏希同學只是好朋友。可是……」

可是——我本來想繼續開口，但我將嘴唇抿成一直線，想拚命忍下這份思緒。

不能再說下去了。沒錯，殘存的理性在我耳邊悄聲呢喃。

所以我想盡辦法扯開笑容，對他說道：

「對不起，霧島同學，我好像在胡言亂語。希望你能忘記……我剛才說的那些話。」

「冰川老師……？」

「先、先這樣吧，我要走了。霧島同學，回家路上要小心喔。掰掰。」

「呃、那個，等一下！對、對不起，冰川老師！若讓妳覺得不舒服，我跟妳道歉——」

「不、不是的，霧島同學，你沒有做錯任何事。這、這是真的……可是我的心情還沒整理好，所以，能不能讓我靜一靜？」

留下這句話後，我便轉身背對霧島同學。

說到這個份上，霧島同學也沒繼續追過來了。

——不對，不是這樣。

我在心中低語。

霧島同學並沒有錯，一切都要怪我。

因為我看到霧島同學和夏希同學和樂融融的樣子，就覺得好嫉妒。一看到他跟女性朋友走得很近——我就忍不住心想：「要是霧島同學繼續獨來獨往，那該有多好」。

我身為老師，絕對不能有這種想法。

如果被班上同學孤立的學生交到朋友，我應該高舉雙手為他感到開心才對。

沒想到我卻心生妒意。

我居然希望霧島同學交不到朋友。

「……我根本不配當老師。」

我是霧島同學的女朋友。

但同時也是一名老師。

儘管如此，我腦中卻充斥了這種醜惡的思想。簡直不可饒恕。

我無法理清紊亂的思緒，為了尋求避風港，我急忙回到教職員辦公室。

那天是期中考的最後一天。

換句話說，也是我們的K書集訓結束的日子。

我到霧島同學家拿走了自己的行李，不過我覺得自己一定連話都不知道該怎麼說。

在那之後的每一天，我們依舊維持這種有些隔閡的狀態。

——回過神來，居然已經過了一週。

第十章

「…………」

在星光閃耀的夜空下。

我終於下班，離開慶花高中踏上歸途。

現在是晚上八點。可能因為時間很晚了，路上一個學生也沒有。我走在被藍白色街燈照亮的路上，陷入沉思。

在那之後已經過了一週。

冷靜幾天後，我和霧島同學還是有單獨見過面。

但那種彷彿齒輪無法咬合的感覺依舊存在。儘管我們聊得開心，卻還是莫名有種不投機的感覺。雖然我拚命不讓自己意識到這一點，這種感覺仍像疙瘩般留在我心裡。

我知道問題出在我身上。

霧島同學沒有做錯任何事。是我沒辦法整理好自己的心情。

只要我不吃學生的醋，一切就解決了。

可是再怎麼想，我都無法控制。光是看到霧島同學跟其他女孩子和樂融融的樣子，我的內心就隱隱作痛。

而且，因為我是老師，只能從外面看著他們。

簡直就像生活在截然不同的世界。

不對，實際上就是不一樣。

我還是高中生時，也覺得跟老師有代溝。儘管我的老師十分友善，卻依舊存在那條無法跨越的界線。老師有老師的世界，我們學生也有我們的世界。現在的我，就像站在相反的立場看著這個現實。

如今的我無權侵入那個我也經歷過的領域。

我已經回不去，也無法進入那個地帶。但我所愛的人卻身處其中。

所以我只能在外面默默看著，無計可施。

「……我到底該怎麼辦啊？」

我輕聲嘀咕道。

這是我對自己提出的問題，也不奢望能得到答案。

可是……

「……怎麼了？妳又被家長會欺壓了嗎？」

「……咦？」

看來我不知不覺走到了自家公寓前。

我抬起頭，發現紗矢站在那裡。

◇　◇　◇

人類這種生物似乎會漸漸習慣一切。

事到如今，我才切身體會到這個理所當然的道理。

以前跟冰川老師單獨見面的次數一週能有一次我就該偷笑了。畢竟冰川老師工作很忙，我自己也覺得心滿意足。

本來應該是這樣才對……但自從和冰川老師同居後，撐不到三天，我就感到寂寞了。

住在一起時，當然每天都能見面。

可以開心地聊天，兩人相處的時間也很多。

與我獨居的時間相比，和冰川老師共同集訓的時間壓倒性地短。儘管如此，或許是因為習慣了這種生活，在失去的那一刻，強烈的空虛感才會排山倒海而來。如今我總覺得這個家變得好空曠，根本無可奈何。

第十章

冰川老師想交個宅宅男友

「……我到底該怎麼做？」

在家裡玩遊戲時，我喃喃自語著。

我回想起那時候發生的事。

我到底該如何向冰川老師表示「我跟夏希是清白的」？究竟該怎麼做，才能表達出「冰川老師是我最在乎的人」？

但不管我再怎麼想都沒有答案。

即使如此，我還是只能採取行動。

螢幕中，我操控的角色已經被敵人擊倒在地，但「CONTINUE」這行字依舊不停地閃爍。

◆　◆　◆

「拜託，太誇張了吧，真白。我上週就說過今天要來妳家嘍？還在外面等了很久耶。」

「對、對不起，紗矢。發生了一點狀況……」

「而且居然還要我做飯。算了，我本來就有這個打算。我也喜歡下廚，所以沒差。」

「……真的很抱歉。」

第十章

紗矢穿上繡著貓咪圖案的圍裙，手腳俐落地在廚房忙來忙去。

在她面前說這種話一定會被罵得很慘——可是紗矢的外表雖然像個小孩，卻很會照顧人。正因如此，生活能力稍嫌（這很重要！）不足的我經常被她照顧得十分妥貼。

雖然最近都有霧島同學幫忙，但以前紗矢就常替我打掃房間。紗矢可能也明白這一點，每次來我家的時候總會幫忙打掃，或是煮飯給我吃。

「喏，吃吧。」

紗矢手邊的工作大致告一段落，依序將料理端上桌。

接著，我們雙手合掌說了聲「開動」後，就開始動筷用餐。

「……所以是怎麼回事？」

用美味的飯菜填飽肚子，心情稍微平復之際。

紗矢忽然拋出這個問題。

雖然問得含糊，但按照我們多年的交情，我知道她想問什麼。

「……出了一點問題。跟霧島同學有關。」

我繼續跟她說明這段時間發生的事。

霧島同學交到了感情不錯的女性朋友。

他被那個女孩子告白——雖然最後只是一場玩笑——我卻在現場全程目擊。

還有，我看到他們感情融洽的樣子就心生妒意，覺得自己不配當老師。

我配著酒，將這些事娓娓道來。

全部聽完後，紗矢用驚訝的口氣對我說：

「那個，真白，我可以說句話嗎？——妳這個人太麻煩了吧。」

「唔。」

「再說，妳是怎樣？居然跟小孩子吃醋。」

「因、因為！那個女孩子很可愛嘛！身材也很好……又比我年輕很多。」

「真白，妳也有致命武器啊。」

紗矢盯著我的胸部說：

「要不要拿出來用？」

「怎、怎麼用啊！而且那種方法，那個……當、當然不可行啊！」

「所以霧島同學才會被那個女孩子牽著走嘛。」

「唔……不、不對不對，等一下！霧島同學才沒有被牽著走！不要隨便捏造事實！」

「但之後的事很難說啊。男高中生滿腦子都在想那種事。只要真白動用那個武器牢牢綁住霧島同學，一切就能圓滿落幕了。我覺得那種事也要囊括在戀愛的範疇之內喔。」

「嗚嗚……」

紗矢真成熟。

相較之下，我……嗚嗚，不、不對，這種事果然還是太早了。那、那個……我也覺得很害怕。

而且……

「……那種方式還是不可行。」

我說這些話，不單單是自己的心情使然。

因為老師和學生交往，還是有一條絕對不能逾越的界線。

萬一事情曝光，有沒有逾越那條界線將會引發很多變數。

所以我才想守住這個分寸。

為了保護彼此。

「這樣啊。」

聽我這麼說後，紗矢一言不發。

她轉而將罐裝啤酒湊到嘴邊。

「……但不管怎麼說，這都是真白的問題。我覺得妳要做點什麼才能解決問題喔。」

「……嗯，是啊，我知道。可是……」

但我找不到答案。

冰川老師
想交個宅宅男友

我沒辦法跟自己妥協。

我是霧島同學的女朋友，卻也是一名老師。

所以我不能對學生之間的交際多說什麼，也不該說。我絕對不能做出拆散兩人的行為。不能表現出嫉妒之心，讓霧島同學連跟朋友交往都要考慮再三。但我看到兩人感情融洽的樣子，又會覺得心如刀割，妒意幾乎要溢於言表。

好痛苦。

我其實很想任性一回，但我不能說這種話。

「因為我是老師」——

「我說啊。」

啪。

紗矢用小小的手捧起我的臉。

她揉揉我的臉頰，直盯著我說道：

「真白，妳從以前就容易想得太複雜，心情都寫在臉上了。我手上的酒都變難喝了。」

「對、對不起，紗矢……」

「反正妳一定是覺得，不能對小男友說些任性的話吧——可是哪有這種事啊？妳當然可以對他耍賴啊。」

「可、可是，我是老師啊。」

「真受不了。你們同居的時候，妳也說過『因為我是老師』這種話。我就覺得哪裡不對勁──但妳果然是這麼想的。」

紗矢輕輕嘆了口氣，望著我說：

「沒錯。真白，就像妳說的，妳是老師，也是小男友的女朋友。可是這兩者之間並沒有優劣之分吧？」

「這……」

「我在同人業界聽過各種經歷。我認識一名女性，她是一個小學女孩的媽媽，也是情色同人作家喔。」

我不知道紗矢忽然說這些話的意義為何，只能默默聆聽。紗矢繼續說道：

「那個女性朋友也曾陷入迷惘。詢問之下，原來她在考慮是否要在孩子長大後放棄自己的興趣。這也難怪。如果有人問我『情色同人誌』對教育有沒有幫助，我當然不會給出肯定的答案。」

當然也會有各式各樣的意見啦──紗矢又補上這句話。

我開口問：

「那她……最後決定怎麼做？」

冰川老師想交個宅宅男友

「她決定兩者兼顧。」

紗矢咧嘴一笑，看起來非常痛快。

「該劃分的部分，她當然會區分清楚。不過，她的身分或許是母親，卻也是一名同人作家。雖然沒有到得用『沒有優劣之分』來形容的地步，但至少她誠實面對自己的心情。在我看來，她至少確實做到了自己想做的事。」

說完，紗矢直視我的雙眼。

「所以我想說的是——真白，妳不要在女友和老師之間選邊站，『而是要兩者兼顧』。在工作上，妳當然得將老師的工作擺在第一順位——但私下就另當別論吧。反正沒有加班津貼，妳也沒理由繼續當『老師』啊。無論如何，既然要兼顧兩種身分，就不要受制於某一邊，而是要在合適的狀況下靈活運用。」

「紗矢，這實在太荒唐了……」

「荒唐又何妨？因為真白妳一定要像這樣找個理由才肯行動啊。而且，與其又要看妳難受的表情，我寧可看妳有點放飛自我卻樂在其中的樣子。」

說完，紗矢燦爛地笑了。

那就是我最喜歡的好朋友的樣子。

「……紗矢，謝謝妳。」

「別這麼說。好，喝酒吧。不來妳家，我就沒辦法大口暢飲啊～」

「是啊。畢竟紗矢想去外面買酒都會被勸阻嘛。因為身高跟外貌……」

這位好朋友，其實只想趕快無拘無束地大口喝酒吧。

我這麼心想，卻還是對紗矢充滿感激。

我心中的迷惘已經徹底消失了。

這時。

紗矢勾起一抹不自然的笑容。

「對了，真白。雖然不能做色色的事——不過妳想不想知道，怎麼讓小男友對妳瘋狂迷戀？」

「想。」

我馬上回答。

◇　◇　◇

——今天下午四點，可以來我家一趟嗎？

星期六早上，冰川老師傳了這則訊息給我。

冰川老師想交個宅宅男友

現在是下午三點半，離約定時間不到三十分鐘。這個時候，我開始緊張了。

簡直就像四月的舊事重演。

一樣的是，都是去冰川老師家。

不一樣的是，這次是我被叫過去。

當時冰川老師可能也跟我一樣緊張。除了不知道冰川老師會對我說什麼，被她叫過去這件事讓我害怕得不得了。

但讓我惶恐的還不只如此。

因為昨晚有過這麼一段通話。

『嗨，小男友，好久不見。』

當時夜幕已低垂——

打電話給我的人，是冰川老師的朋友紗矢小姐。

『不好意思，我要馬上進入正題。我想問小男友幾件事。』

「好、好啊，什麼事？」

平常很少打給我的人打了電話給我。

這讓我忍不住渾身緊繃——

『哎呀～不是什麼大事啦。就是對小男友的口味有點好奇。』

「我的口味？如果是問食物的話，我沒什麼好惡……」

『嗯～呃，不是啦。我想問你喜歡哪種女孩子。』

「喜、喜歡哪種女孩子？」

『對啊。吶，小男友，你喜歡女高中生還是熟女？』

「根本是超級終極的二選一嘛！」

等、等一下！

紗、紗矢小姐到底想問什麼啊！

但紗矢小姐依舊用讓人摸不清意圖的平淡語氣說道：

『不，小男友，就放輕鬆回答我吧。我就想知道你最直觀的喜好。小男友，你喜歡哪一種？』

「聽到這種話當然會緊張啊！咦？妳要用在什麼地方嗎？」

『哎呀哎呀，別在意這種事嘛。那你喜歡哪一種？』

「這、這個嘛……如果是這種二選一，我選女高中生吧……」

『換句話說，你不想要老女人嘍？』

冰川老師想交個宅宅男友

「那個，拜託別說這種危險發言好嗎？」

而且只用這種方式劃分的話，範圍聽起來不就比熟女還要大很多嗎？

『這樣啊～果然沒錯。小男友喜歡年輕妹妹啊～』

「呃，妳是不是一直在曲解我的言論？就只是因為妳給我這兩個選項，我才會選女高中生——」

『所以你的意思是，外表看起來越嫩越好，沒錯吧？』

「等、等一下！我根本沒說過那種——」

『這樣啊～果然沒錯！那我就如實報告嘍。不好意思啊，小男友，忽然打電話給你。掰掰。』

「等、等等！妳要跟誰報告啊！紗、紗矢小姐——呃，掛掉了！」

我們曾經通過這樣的電話。

我猜應該跟冰川老師那件事無關，但還是讓我耿耿於懷……那到底是怎麼回事？

「……呃，已經這麼晚了。」

我看了時鐘一眼，已經來到和冰川老師約好的時間了。

於是我走出家門，前往冰川老師居住的公寓並按下老師家的門鈴。

隨後，大門「喀鏘」一聲開了。

「歡迎你來，霧島同學。來，請進請進。」

「……………………………………………………………………」

我無言以對。

開門迎接我的人當然是冰川老師……但該怎麼說呢，她這身裝扮太驚人了，我會無言以對也是無可厚非……我現在還是無法相信眼前這一幕……

因、因為，或許各位難以置信，可是……冰川老師現在穿著**體育服**耶。

衣服上還貼著寫有「真白」兩字的名牌……文字卻因為隆起的線條變得歪七扭八。老實說，看起來就像角色扮演的衣服。

我只在動畫裡看過這種畫面。

話說我該吐嘈嗎？還是不該吐嘈？我到底怎麼做才對？

但我終究還是忍不住問：

「那、那個，冰川老師……？這、這身打扮究竟是……？」

「啊……這、這個啊？」

我渾身顫抖地舉起手指後，冰川老師滿臉通紅，忸忸怩怩地說：

冰川老師想交個宅宅男友

「這、這是因為……紗矢說『像小男友這種年輕人，就喜歡年輕人的服裝』……我才會穿上紗矢準備的高中體育服……」

「我、我覺得，這種事應該因人而異吧……」

「紗矢還說她問過你了，你也回答『年輕妹妹比較好』。」

「紗矢小姐————————————————！」

那傢伙在說什麼！她到底在說什麼啊！

我猜應該是昨天的通話內容——但她未免也曲解得太誇張了！而且那根本就是誘導式詢問啊！

那傢伙絕對是故意的！她肯定知道這一切，還樂在其中！

另一方面，看到我的反應後，冰川老師的臉色變得鐵青。

「咦？霧、霧島同學，難道你不喜歡嗎……？」

「……呃、沒有，也不到討厭的地步。」

「那就是喜歡嘍？」

「…………」

聞言，我不禁沉默。

該、該怎麼說，雖然不討厭，但也沒辦法馬上說喜歡啊……

ましろ

冰川老師想交個宅宅男友

當我正在天人交戰時，冰川老師滿臉通紅地瞇起雙眼。

「這樣啊……你果然喜歡這一味。」

「為、為什麼說得這麼篤定啊！」

「因、因為你之前在網路上搜尋過啊……還跟體育社團的夏希同學走得很近……我就在猜，你是不是喜歡這種運動服。」

「才沒有呢！而且那傢伙也不會穿這麼煽情的衣服！」

「咦，不准用煽情來形容！雖、雖然我也覺得有點色色的，但還是鼓起勇氣穿了！你給我聽清楚！這一點都不煽情！聽懂了嗎！」

不，超煽情好嗎？

不管冰川老師如何狡辯，這身裝扮就是煽情。體育服本身或許沒有任何煽情因素，但她這身衣服的根本尺寸不合，緊繃到快要炸開了耶？這不叫煽情，什麼才叫煽情？

「那……怎、怎麼樣？」

「什麼意思？」

「我是問你的感想如何。你、你覺得怎麼樣？」

我覺得很性感。

我實在說不出這種話，但也耿耿於懷……唔唔，我該怎麼應付這種狀況？

我心裡這麼想，並偷偷瞄了冰川老師一眼。只見她用力握緊雙拳。

「嗯、嗯，沒想到你好像挺糾結的……這、這樣就算扯平了。」

「咦？」

「沒、沒什麼……那就進入正題吧。我之所以把你叫來家裡——」

「等、等一下！妳要穿成這樣跟我談嗎！這、這樣對我的身心健康不太好，拜託妳換掉好嗎！」

我實在沒辦法接受，並將冰川老師推進更衣間。

於是——

「咳、咳咳……重回正題。我之所以把你叫來家裡……」

過了十分鐘。

等冰川老師換回正常的衣服後，我們面對面端坐在地毯上。

聽到這聲宣言，我不自覺地繃緊肩膀。

冰川老師想告訴我的事。視內容而定，我準備好的東西——可能會派不上用場，被迫打道回府。

冰川老師想交個宅宅男友

因此我做好心理準備，輕輕吸了一口氣。

隨後，冰川老師看著我的臉，戒慎恐懼地說：

「在、在那之前……我希望霧島同學能閉上眼睛一會兒。」

「閉、閉眼睛？」

「嗯。」

冰川老師神情嚴肅地點頭。

閉眼睛是無所謂啦……咦？她、她要對我做什麼？

聽到她叫我閉上眼睛，第一個浮現於腦中的妄想……就、就是要接吻……可是，咦？冰川老師之前明明再三拒絕，現在卻要吻我嗎！

「那、那個，霧島同學……不行嗎？」

「怎麼會不行呢！隨時都可以！好，儘管放馬過來吧！」

我立刻緊閉雙眼。

啊啊啊啊啊啊啊啊啊啊，但這突如其來的接吻橋段還是讓我緊張萬分！

我的狀態還好嗎！有沒有露出奇怪的表情！該不會在旁人眼中，其實很噁心吧！

……

…………

……………呃，她什麼時候才要吻我？

還、還、還沒嗎？冰川老師在做什麼？

……可、可以偷偷睜開眼睛嗎？等了這麼久還沒動靜，搞不好是發生什麼事了。嗯，我還是稍微睜眼看看吧。

——我這麼心想，並微微睜眼看向前方。

不知為何，冰川老師居然拿著繩子。

「妳到底想對我做什麼啊！」

我用盡全力嘶吼。

「啊！霧、霧島同學，還不能睜開眼睛啦！我、我還沒準備好！」

「妳要準備什麼！該不會要用到那個像繩子的東西吧！」

「咦？我會看情況使用啊？」

「什麼情況啊！」

天哪！雖然一頭霧水，但我感受到來自本能的恐懼！要、要趕快掙脫才行！

但由於一直維持跪坐姿勢，我的雙腿發麻，沒辦法順利起身。

冰川老師想交個宅宅男友

說時遲那時快，我就被冰川老師推倒了。

冰川老師跨坐在我身上，一手拿著繩子，眼中散發出可疑的光芒，並勾起一抹微笑。

「來吧，霧島同學，老實一點。不會很痛，馬上就結束嘍。」

「呀～！感覺超恐怖！妳、妳到底要對我做什麼！」

「不、不要奮力掙扎啦。好了，一點也不可怕。只要數一數天花板上的汙漬，很快就結束了。」

「完全就是強暴犯的台詞啊！」

對話期間，冰川老師依然拿著某個東西不停逼近。

我忍不住緊閉雙眼。

——結果有種手指被什麼東西套上的感覺。

「…………咦？」

這感覺跟想像中截然不同。

我小心翼翼地睜開眼，首先映入眼簾的物品居然是皮尺。

看來我剛剛誤以為是繩子的那個東西，其實是皮尺。

而且……

「…………………………戒、指？」

沒錯，一只美麗的白銀戒指套在我的手上。

我真的——一點頭緒也沒有。

我揚起視線想尋求解釋。冰川老師依舊跨坐在我身上，開口道：

「……我先把話說清楚。我很嫉妒夏希同學。」

她平靜地坦承自己的心情。

冰川老師明顯表現出悶悶不樂的模樣，嘟著嘴巴繼續說：

「因為她可以跟你一起開開心心地度過高中生活……但我是老師，跟那種生活搭不上邊，所以我非常嫉妒她。而且看到你們相處的模樣，我甚至希望你永遠交不到朋友……我很差勁吧？沒資格當老師吧？身為老師，絕對不能有這種想法才對。」

「冰川、老師……」

「可是……雖然我想了很多，但這樣才像我。站在老師的立場，我希望霧島同學能和其他人的感情變得更好。不只是夏希同學，舉凡小櫻同學、其他女孩子，除此之外也要跟更多男孩子接觸。不過，往後看到霧島同學和其他女生和樂融融的樣子，我一定會忍不住吃醋。就算你沒那個意思，我也會覺得心煩。所以——請讓我這個女朋友，對你任性一回就好。」

「任、任性？」

「嗯。」

冰川老師想交個宅宅男友

冰川老師點了點頭，神情嚴肅地說：

「那個……讓我在你身上做標記吧。」

「咦……」

我聽不懂她的話中涵義，忍不住渾身緊繃。

因、因為「標記」就是那個意思吧……第一時間浮現在眼前的畫面，就是狗狗對著電線杆撒尿……

我臉色鐵青地說：

「……那、那個。對、對不起，我有個問題想問……冰川老師，妳想在我身上……尿尿嗎？如、如果是的話，我沒把握自己能承受得住……」

「不、不是啦！怎、怎麼可能！話題怎麼會偏到那裡去啊！」

「因、因為！冰川老師剛剛用了『標記』這個詞啊！」

「是、是沒錯啦，但你誤會了！討厭！真是的！那我換個說法，你總該懂了吧！」

冰川老師大喊一聲——

她甚至連耳根子都紅了。在這種狀態下，她一反過去的常態，像孩子般瘋狂耍任性。

「你是我的男朋友！所以我不想把你交給任何人！可是——往後你一定會遇到非得和女孩子相處的機會！我又不想每次都讓自己的心懸在半空中！所以，我希望你戴上這個戒指！

這樣——」

「——這樣我就能放心了……你也會時時意識到自己是誰的男朋友吧……？」

她用接近悄悄話的音量說完最後那句台詞。

這種吼叫跟耍賴的模樣一點也不像冰川老師。而且她彷彿用盡氣力似的壓在我身上，用缺乏自信的聲音在我耳邊呢喃。

「就、就是這樣……不行嗎？」

「不是不行啦……」

我在輕聲答覆之餘，點了頭。

但我不能讓這個話題就此結束。

我將冰川老師緊擁入懷，正面回望她的雙眸。

「呼、咦？……霧、霧島同學，怎麼忽然這樣？」

「那個……我也想告訴妳一件事。唯獨這一點，我希望妳不要誤會……我最重視的人，果然還是冰川老師。」

「咦……？」

冰川老師想交個宅宅男友

冰川老師瞪大雙眼。

我看著這麼可愛的表情，緩緩說道：

「該怎麼說……雖然沒辦法解釋清楚，但其實夏希跟冰川老師有很多共通點。或許多少有點影響吧，我跟她之所以能走這麼近，一定是因為她跟冰川老師有點類似。」

她同樣擁有表裡兩面，其實也是個宅女。

雖然沒辦法跟冰川老師公開這些祕密——

但我能跟夏希聊得這麼投機，應該是從她身上感覺到一絲親近感。

「因此我和夏希能變成好朋友，也是託冰川老師的福。不僅如此，促成我跟夏希這段友誼的根本契機，也是妳建議我『試著與他人培養感情』。換句話說，我能在高中交到第一個朋友，也是因為有妳的幫忙……而且也多虧了冰川老師，我才會想在課業上更加精進。所以——」

「——所以，這一切都是冰川老師的功勞。多虧有妳，我才能遇見夏希。多虧有妳，我才想改變自己，奮發向上。『因為冰川老師是我最重視最喜歡的人，我才會有這種念頭』。」

「所以，冰川老師還是占了我心中最大的位置。」

我用這句話作結後，冰川老師已經眼眶含淚。

但這還不是結束。

之前木乃葉不是說過嗎？

要證明情感的重量，還是只能靠送禮才行。

於是我從上衣口袋中拿出那個東西，遞到冰川老師眼前。

「這是……？」

「我家的備用鑰匙。」

我面帶微笑地說，並讓冰川老師握著那把備用鑰匙。

「冰川老師說的沒錯，往後我和女孩子說話的機會或許會越來越多。可能每一次都會讓妳感到不安。」

「霧島、同學……？」

「但對我來說，冰川老師很特別，比任何人還要特別。所以請妳收下這把鑰匙。妳隨時都能來我家，心情好的時候就像這次集訓一樣住下來吧。另外，我先把話說清楚喔……冰川老師，除了家人以外，妳是第一個讓我交出備用鑰匙的人。」

「嗯、嗯……」

冰川老師點了點頭，收下了備用鑰匙。

她如獲至寶似的將鑰匙抱在胸口。而我又補了一句：

「還、還有……請冰川老師也戴上戒指吧。那個……我也會擔心啊。」

「嗯，好啊。」

冰川老師揚起微笑這麼說。

「……那，你幫我戴上吧？」

說著說著，冰川老師拿出了我當初告白時送她的戒指——

「我一直都想戴在手上……又覺得有點可惜。不過，如果要戴上的話，現在大概是最好的時機吧。」

「是啊。」

我點頭接過戒指後，將戒指套上她的手指。

彷彿結婚典禮那般——

對她許下了永不分離的承諾。

尾聲

期中考結束後，又過了兩週。

時節可能真的入夏了，陽光已經變得又毒又辣。只是到慶花高中上學的這段路就讓我大汗淋漓。

我坐在自己的班級座位上，把筆記本當成團扇不停搧風。

這時，忽然有人拍了拍我的肩膀。

「嗨，霧島～！」

「……是夏希啊。妳一大早就很有精神耶。」

回頭一看，站在我身後的人果然是夏希。

她剛才應該是去晨練吧。只見她揹著一個大背包，衣領還毫無防備地敞開，彷彿要驅散全身的熱氣。

我盡可能不看那個地方，開口問道：

「夏希，妳去晨練啊？」

「對啊。期中考結束後，社團活動的禁令也解除了，所以得加緊練習才行。身體都變遲鈍了……咦？」

這時，她的神情驟變。

與表面截然不同的隱藏面貌。切換至作家模式的夏希一臉狐疑地用符合本性的口吻問：

「你……在寫畢業出路調查表？為什麼？上個月沒交嗎？」

「今天勉強還可以提出更改，所以我想修改內容再交出去。」

「這終究只是期望而已，沒必要看得太認真吧。反正不知道什麼時候還會再冒出下一份，到時候再改就好啊。」

「話是沒錯啦……該怎麼說，有點類似自我表達吧。」

「這樣啊。」

夏希微微一笑。

「霧島，這就是你真正想讀的大學啊。」

「是啊。」

我點點頭，將視線落在畢業出路調查表上。

上面寫著——

希望考取慶花大學。

冰川老師想交個宅宅男友

以我這種成績，根本考不上那間學校。
這是我的目標——讓我想與她並肩同行的女性就讀的母校。
「……奇怪？」
就在此時。
夏希看到掛在我脖子上的首飾，疑惑地歪著頭。
「那條項鍊是怎麼回事？你以前有戴過嗎？」
「啊，這個啊。這是……」
說完，我用手指輕輕彈了一下掛在脖子上的首飾。
那是將鍊條穿過白銀戒指製成的簡易飾品。
「各位同學，請回座。」
這時，冰川老師走進教室。
老師今天也規規矩矩地將襯衫釦子扣上，穿著一身套裝。
但我心裡明白。
雖然藏在衣服底下，但她的脖子上掛著跟我同款的項鍊。
「時間到了，請盡快回座。」
冰川老師甚至看都不看我一眼。

但我卻陷入了某種錯覺，彷彿她發現我戴著項鍊似的。

……啊啊，這樣的確很有效。

「這是什麼？怎麼回事？」

站在我眼前的夏希百思不解地歪頭。

而我露出有些傷腦筋的笑容回答：

「這個嘛，就是……我被標記了。」

聽到這個答案，夏希還是一副想不透的樣子。

在我的眼角餘光中，似乎瞥見了冰川老師微微揚起嘴角的模樣。

◆◆◆

教職員辦公室。

我用手指摸了摸掛在脖子上的飾品。最近這已經變成了我的習慣動作。

這是用細鍊條穿過戒指製成的項鍊，跟霧島同學配戴的款式一模一樣。

當初我們想直接將戒指戴在手上。

但學生和老師同時戴上戒指可能會引來猜忌。所以我們才製成項鍊，時時刻刻戴著不離身。

「……嘿、嘿嘿嘿。」

儘管如此，摸著項鍊時，我還是自然而然地笑了起來。

因為這跟霧島同學的項鍊是成對的嘛……呃，不行！這裡是教職員辦公室！得趕緊回神工作才行！

「嗯、嗯嗯！」

我咳了幾聲，重整心情，將視線拉回眼前的文件。

今天正好是期中考總結果出爐的日子。

我沿著名單一一確認，把握每位學生這次期中考的表現。

當我看到霧島同學那一行時——

「………………咦？」

我忍不住驚叫一聲。

一股顫慄感竄過背脊。

我的確舉辦了K書集訓。

為了提升他的成績，也給了不少建議。

可是這個排名……

『霧島拓也．綜合排名：一百九十九名』

「霧島同學，你很努力呢。」

我輕聲呢喃。

我當初還判斷「兩百五十名」這個目標是霧島同學的極限，根本無法達成。然而這個排名……卻遠遠超越了這個基準。

◇◇◇

放學後，我在自己的房間裡。

雖然期中考結束了，我還是會用冰川老師教我的方式慢慢複習。

我沒有讀書的才能。

我的理解能力比別人慢，所以得比他們花費更多時間才能達到平均值的水準。

到國中為止，這個方法還算管用。但進入這間高中後就完全不管用了。

因為這間高中有很多學生都跟我用同樣的讀書方法。

冰川老師想交個宅宅男友

所以我就放棄了。

我在這裡體會到：每個人都有「做得到」和「做不到」的事。也認為在「做不到」的領域中耗費時間只是徒勞。

可是和冰川老師交往後，我稍微……真的稍微改變了想法。

因為不想在老師面前表現得太拙劣，儘管只是徒勞，我覺得自己還是能努力下去。

反正也拿不到多好的成績，但為了展現出認真的一面，我就能繼續加油。

而且……

——那，霧島同學要為我負責嗎？

——而且……我真的很擔心你。

我還是個孩子。

只是個孩子，無法跟冰川老師平起平坐。

所以，雖然我們現在正在交往，我還是不能站在冰川老師身旁。馬上就會讓她操心。

可是，我選擇接受這個事實。

直到上個月……我都接受自己只是孩子的事實，覺得無可奈何。

但我錯了。

因為有人明明跟我一樣只是孩子——心思卻成熟得不得了。

因為同學之中有個很優秀的女孩，眼中的未來藍圖比我更遼闊，還朝著夢想不斷努力。

於是我決定了。

我想變得更成熟。

哪怕只有一天也好，我想早點變成大人——和冰川老師並肩同行。

我悄悄地看著用潦草字跡寫在筆記本一角的那句決心，彷彿要再次確認。

上頭寫道：

「我想和冰川老師平起平坐」。

這就是我的目標。

尾聲2

「冰川老師，不好意思，百忙之中還讓妳過來一趟。我想跟妳談一談。」

學務主任的專門辦公室。

我被學務主任叫到這裡來。

主任室裡只有我和學務主任兩個人。不但如此，學務主任過去可是以嚴格出名的老師。

或許是因為這樣，被她用銳利的視線盯著看，我就渾身緊繃。

「其實不是什麼大事。冰川老師，妳知道校長最近要卸任了吧？」

「是的。校長忙著交接事務，經常不在位子上。不過……這跟我有什麼關係呢？」

學務主任很少把我叫到這間辦公室。

於是我繃緊身子開口問道……但學務主任接下來的話，乍聽之下似乎與我的提問無關。

「其實，前幾天我和新任校長見了一面。以校長的年齡來說，這位非常年輕……能力卻十分出眾。」

「……是嗎？這樣很好呢。」

「新任校長對冰川老師有些顧慮。」

學務主任冷不防地直搗核心。

「『或許又要槓上家長會了』。我當然知道這不是冰川老師的錯，可是新任校長不這麼認為。」

聽到學務主任這麼說，這陣子的對話內容在我腦海中閃瞬即逝。

——家長會有多恐怖，真白妳應該最清楚吧？

——與其又要看妳難受的表情，我寧可看妳有點放飛自我卻樂在其中的樣子。

「冰川老師，請妳多加留意。新任校長非常討厭這種糾紛。對妳來說，這位校長或許不是最佳人選。只要稍有紕漏，可能就會被視為風險予以切割。」

說話的同時，學務主任緊盯著我。

「我也未必能提供協助。若後續又引發問題——我就不知道妳會被如何處分了。最糟的狀況，甚至也可能遭到停職處分。冰川老師，請謹慎看待自己的前途。聽懂了嗎？」

「是，我明白了。」

我的語氣僵硬至極，連我自己都沒聽過這種聲音。

後記

前陣子我在ファンタジア文庫舉辦的活動排隊時，偶然聽到有人說「那個簽名（我的），未免也簽得太醜了吧www」。好久不見，我是篠宮夕。

我本來想在後記裡聊聊簽名的事，但被責編吐嘈說「還是不要吧，太陰沉了」，所以下次有機會再說吧。

不過我還真沒想到，居然會在排隊的時候被正後方的人這樣說。

那可能是我這輩子最想哭的瞬間。麻煩各位在說這種話的時候也要謹慎一點。因為在你前面低著頭，感覺快要哭出來的人，說不定就是你指責的對象……

那麼！這就是《冰川老師想交個宅宅男友　第二堂課》！各位覺得怎麼樣呢！如果能從中體會到一點樂趣，站在作者的立場，我會非常開心！

……我、我不是因為想到簽名這件事，才強迫自己打起精神喔。雖然我的玻璃心還是沒辦法完全忘記，但現在想想也是個不錯的回憶。

總之，簽名的事就先擱在一邊吧。

後記

稍微提一下本篇的內容，有種「教學關卡終於結束了」的感覺。我真的很想把那段劇情放進第一集……但看到這個後記的篇幅，各位應該就知道是怎麼回事了。我，還想要，更多頁數。

說到「想要」，看到《冰川老師想交個宅宅男友》這個書名，大家可能會覺得「不是早就交到男友了嗎？」。但我心中的責編彷彿在說「別在意這種細節」，所以我就沒放在心上了。要投訴的話請找責任編輯。

最後我想致上謝辭。

西沢5ミリ老師。真的很感謝您這次又提供了如此美麗的插圖。我總是一個人笑嘻嘻地欣賞您的畫作。每一幅都是我的寶物。

致責任編輯。我本想讓精采程度突破天際，結果差點就讓截稿時間突破天際。真～～～的非常抱歉。總有一天，我一定會確實遵守截稿期限。我是這麼想的。如果願望能成真就好了……

最重要的是，我要向購買本作的每位讀者獻上滿滿的謝意。

但願本作能在各位的腦海中占有一席之地。

篠宮夕

14歲與插畫家 1~4 待續

Kadokawa Fantastic Novels

作者：むらさきゆきや　插畫、企畫：溝口ケージ

「……插畫家們都很喜歡輕小說嗎？」
最真實的日常生活第四集登場！

在網路上博得強大人氣的繪師「白砂」被選為小倉麻里新作品的插畫家，卻不斷遭到退稿而困惑不已，於是來到COMIKET尋求悠斗的意見……另一方面，終於不小心說溜嘴的茄子，以此為契機開始向悠斗傾訴自己的心情──

各 **NT$180~200/HK$55~67**

三角的距離無限趨近零 1~4 待續

Kadokawa Fantastic Novels

作者：岬鷺宮　插畫：Hiten

我愛上的那個女孩體內住著兩個靈魂——
與雙重人格少女譜出的三角戀愛故事。

矢野在跟春珂與秋玻接觸的過程中，戀情也在心中萌芽——又在某一天突然宣告結束。然後他變了。所以，為了找回剛認識時的「他」，我——我們展開了行動。在沒有交集的教育旅行途中，我們努力追逐矢野同學，就算我們已經不是情侶——

各 **NT$200~220/HK$67~73**

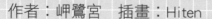

喜歡本大爺的竟然就妳一個？ 1~10 待續

Kadokawa Fantastic Novels

作者：駱駝　插畫：ブリキ

「繚亂祭」的前夜祭要用的燈飾消失了？
而嫌疑竟然落到「她們」身上？

為了迎接「繚亂祭」活動，西木蔦高中的學生應該團結一致，進行準備工作……但為什麼會搞到要停辦啊！事件的開端是前夜祭中要用的燈飾消失，嫌疑落到了葵花、Cosmos與Pansy身上。如果一定會失去這三個非常重要的人之中的一個，應該要犧牲誰？

各 **NT$200~250/HK$60~83**

國家圖書館出版品預行編目資料

冰川老師想交個宅宅男友. 第二堂課/篠宮夕作；林孟潔譯. -- 初版. -- 臺北市：臺灣角川股份有限公司, 2021.03

面；　公分. -- (Kadokawa fantastic novels)

譯自：氷川先生はオタク彼氏がほしい。2時間目

ISBN 978-986-524-288-6(平裝)

861.57　　　110000950

Kadokawa Fantastic Novels

冰川老師想交個宅宅男友 第二堂課

（原著名：氷川先生はオタク彼氏がほしい。2時間目）

2021年3月24日 初版第1刷發行

作者：篠宮夕
插畫：西沢5ミリ
譯者：林孟潔

發行人：岩崎剛人
總編輯：蔡佩芬
編輯：高韻涵
美術設計：黃永漢
印務：李明修（主任）、張加恩（主任）、張凱棋

發行所：台灣角川股份有限公司
地址：105台北市光復北路11巷44號5樓
電話：（02）2747-2433
傳真：（02）2747-2558
網址：http://www.kadokawa.com.tw
劃撥帳戶：台灣角川股份有限公司
劃撥帳號：19487412
法律顧問：有澤法律事務所
製版：巨茂科技印刷有限公司
ISBN：978-986-524-288-6